抛夏

蒋青妤 著

浙江工商大学出版社
·杭州·

图书在版编目(CIP)数据

抛夏 / 蒋青妤著. —杭州：浙江工商大学出版社，
2023.3

ISBN 978-7-5178-5405-0

Ⅰ. ①抛… Ⅱ. ①蒋… Ⅲ. ①中国文学－当代文学－
作品综合集 Ⅳ. ①I217.2

中国国家版本馆 CIP 数据核字(2023)第 037198 号

抛　夏
PAO XIA

蒋青妤　著

策划编辑	沈　娴	
责任编辑	孟令远	
责任校对	金芳萍	
封面设计	朱嘉怡	
责任印制	包建辉	
出版发行	浙江工商大学出版社	
	(杭州市教工路 198 号　邮政编码 310012)	
	(E-mail：zjgsupress@163.com)	
	(网址：http://www.zjgsupress.com)	
	电话：0571-88904980,88831806(传真)	
排　　版	杭州朝曦图文设计有限公司	
印　　刷	浙江全能工艺美术印刷有限公司	
开　　本	787mm×1092mm　1/32	
印　　张	4.25	
字　　数	63 千	
版 印 次	2023 年 3 月第 1 版　2023 年 3 月第 1 次印刷	
书　　号	ISBN 978-7-5178-5405-0	
定　　价	58.00 元	

目　录

辑一　散　文

辑二 短 篇

辑三　历史人文断想

辑一

散 文

游而知之

"水心如镜面，千里无纤毫。"

坐落于萧山戴村的石牛山守护着这一方净土，千年清泉石上流。人间四季，泉淌不止，青树翠蔓，摇曳生辉，无论斗转星移几度秋，此山仍如是。

每至清凉 6 月，这里便常有鸟鸣相伴。在月影残留之际，就有丝丝晨光点点泻出。天际有云雾飘飘然，借着晨光隐隐浮现。随着日光渐愈炽热，天际的光芒遮蔽了昨夜的残星，晨风携着阳光融入的暖意撩动了整片山林。天空逐渐明亮起来，大雾散去，世间万物生起了光辉。啾啾鸟鸣率先打破沉寂，继而林鸟欢鸣，万物复苏，草虫瑟瑟，配上泠泠的泉音，一齐迎接新的一天。正午后，暖风拂面，惹人微醺，让我不知时间为何物，只觉自己也随风融入这番天地。至日暮,人们抬起头便能看见天边有淡淡粉红霓霞装饰着卷卷的云朵。月亮还未钻出之际,一切都像棉花糖一样甜丝丝、软绵绵的,只待夜晚来临,一天结束。

山里毛竹资源丰富,清风温柔拂过,摇曳起一片竹海,将落入的日光碎成点点光斑。光影交织,静静书写慵懒岁月的美好。

我知晓山上曾有一座破败的庙宇。相传南宋时,曾有一位淳朴善良的农民沈三清于当地成仙,后人便在此安置庙宇常拜,庙宇却因偏僻荒凉逐渐废弃。我正因此要感慨遗憾,却不想后来庙宇重修,大仙重塑。游客纷纷稳步走上殿前石阶,面见大仙尊容。有人止步于殿前,便躬身下拜,久不抬头。

庄严之音回荡于大殿,人们抚平衣袖,继续跪拜,顺眉低头,怀敬重之心听道士念经,无心其他。此刻大殿肃穆寂静,众人沉心屏气,一动不动。待起身,人们虔诚拜见大仙。此刻天地在他们眼前是金黄一片,阳光照亮大仙庄重又不失平和的面容。人们再次双手合十,闭眼躬身。

如今旅游季推出种种活动,使得这边游人如织。有姑娘赤足莲步挪至木桥上听溪水潺潺,垂眸见泉水荡漾,泉水嫩绿又带点浅黄,着实澄清干净;小龟自由伸展四肢,在水中尽显调皮。探身可见石缝间灰色小鱼在游来游去。

我见证了戴村的发展。无论在生态方面,还是在文化、政治、经济、社会方面,戴村都蒸蒸日上。杭州的边际,发展得越来越好了。

(本文入选《西湖·文学少年读本》2021 年 7 月刊)

悲戚的雨

屋外头的雨下个没完没了,茅草房檐又遮不住雨,雨滴噼里啪啦落进屋里不少,折腾得我没法睡觉。我四脚朝天,极不情愿地睁开眼,迷迷瞪瞪地打量四下,发觉只有漆黑一片。没有光,瞅不见月,天穹冥冥,阴云蒙蒙。我嗤笑:月亮碎了,照不醒我了。那地道的洁净的光,那江南水乡的月,没再眷顾我了。

我狠狠揉了揉眼,又抖掉身上的一些水珠,从窗户探出头去,企图在劈头盖脸的大雨里望见月亮。哪能看得到呢?那云层估摸要比漠北草原上滚圆的绵羊的毛还要厚,和雨一道把月亮遮盖得严严实实。雨水迷了眼,到底还是没看到月亮,我缩回淋湿了的头,又随手关上窗,长舒一口气,感慨万分。月亮还搁在天上呢,只是如今的我已经没底气见它了。我伸出手放在面前，只能将那些斩风浪、断恩仇的年月依稀画出个轮廓，眼睁睁看它含糊在水汽里，没了踪迹。我记得那些年里，月总是明亮的，就算是雨天，也不至于连影子都看不到。

屋里忒闷，我似乎被那遮住了月的大雨困在这小小的一方草房里了。于是我愤慨起来，索性从破床上起来，摸索着向屋外走去。我晓得雨不曾停，但我很想离遥远的月近一点。雨太大了，砸得路上的烂泥溅到我半挽的裤腿上，地面湿润又泥泞，但这种感觉很快被劈头盖脸浇下来的雨水盖了过去。我闭上眼，心想要是这冷风急雨把我就地掩埋也不错，思索之时却倏忽滚下热泪来，掺着冷雨一同往下掉。天边炸开了一道闪电，带来片刻光明。我照旧仰着头，任雨水浇洗得通体冰凉，那些失意啊，落寞啊，一股脑儿涌上心头。我这副颓废容貌忽地被一道闪电照亮。一刹那的如梦初醒让我震颤，我终是，终是破罐子破摔了，怎能这样呢？我足下再生不起风，手中再握不住剑，眼里再没了光。热血和意气被生活浇成了刷锅水，世道的艰难将少年人的自豪与自信按在地上摩擦。我跌坐在一片泥泞里，又手脚并用地向屋檐下移动，在犄角旮旯里抱膝蜷缩，雨水顺着发梢不停地滴落。我的灵魂和肉体愈发冷了，再经不住片刻的大雨浇洗。我已经湿透了，衣服里的棉絮浸满了雨水，格外重，压在身上快令我喘不过气来。我于是悲戚起来，我真的再做不成侠了吗？

我把头从臂弯里抬起一点，偷偷往天上瞥，要是月亮出来了呢？可惜没有。我有些慨叹，若是人折了自己的傲骨，那纵是再明的月，也视若无睹了。可我真的甘心自此再见不到月，自此每天沉沦吗？假使我就此认为我是废物，那我何其不甘。我从哪里来？我从月明水绿的江南来，来时神采飞扬，怎又落到如此地步呢？我怔怔地起身往南望去，所望之处仍是一片昏暗，昏暗那一端是江南，那是我的来处，我不应该是当下这般狼狈的。连残酒瘦马都没了的侠，活得真是寒碜。熄灭烛火的并非江南，破碎在雨里的也并非月亮，皱了的枯叶是我，碎了的月也是我。

我无法抚慰自己，但我想的是，碎了的枯叶，等雨停以后，应当能够黏合吧？

雨　后

雨水似流逝的时间一般滑过，落下的雨滴一颗颗
聚集。

这是个平常的下雨天，我一个人突发奇想，跑下
楼乘上公交车。车内一切秩序井然，司机重复着同样
的线路，只有我的心情兴奋且迷茫。只因突然想在下
雨天乘上车子去陌生的地方，我伴着蒙蒙细雨去探访
这个城市的其他角落。不知道自己算是冲动的小孩，
还是一个姑且算合格的冒险家。

雨中的城市新奇也唯美。随着公交车内女声的
一个个站点播报，人群来去匆匆。雨愈来愈疯狂，窗
外的水滴变成更多的小蝌蚪，随着风与车的节奏纷纷
下坠，汇聚在一起的雨珠组成一个个圆圆的水滴，被
风轻轻拂过。

我和你两人听过的歌曲，下雨的日子里两人走过的小路，都让我想起你，心里觉得伤感疲惫。

雨季被诗人赋予了悲伤和惆怅的情绪。作家三毛曾用《雨季不再来》作为书名，而这本书承载着少女的多愁善感，营造的是一个阴郁深蓝的秘密花园。我还算不上作家，但望着街角那仅一面之缘的人们在我的视线里匆匆而过，我不知怎的，感到有些遗憾，也许是因以往的岁月流逝而产生的感受。

我告诉自己不要想这些，安静地聆听滴答滴答的雨声吧。那些封存已久的想念，不由分说地融入了这滴滴雨水。我跟记忆中那些朋友，那些看似还会联系却久未发过信息的旧友们，也曾有过一段黏腻的热情。我们一起在这个街角戴着耳机听歌，或者是在那个橱窗前驻足看着里面可爱的泰迪熊。雨天也不能阻止我们相见，想念会翻山越岭。两个人曾共撑一把伞说笑，在街道上留下我们的脚印，过街的咖啡店是我们雨天的常驻地，被雨水淋湿衣角的我们打闹着，最终会来到咖啡店喝上一杯热气腾腾的咖啡，暖胃也暖心。

致过往的朋友，此去无言，谢你相忘，山水浅绛处许你放下。

我们的回忆现在是褪色的回忆，全已随时间一起融化了，全部似那燃尽的蜡烛。

要有多真挚的感情，才能像那欧洲大教堂穹顶的油画那样保留下千年的色彩。我们在一起的记忆片段，在我的脑海中被愈来愈多的事情挤占，变得皱巴巴的，边角已有些许磨损。我的世界随时都有新的颜色闯入，而和你的回忆也像相片一般沉默。过往像融化的雪，像燃尽的蜡烛，美好而无法挽回。

变得湿漉漉的地面，好似看着我一般。

公交车已经到终点站了，地点偏僻。公交司机用疑惑的眼神看着我，他可能想不到我坐车是出于突发奇想，也不知道在这长长的一路上我产生了多少感慨。我下车，低头望着因雨而变色的地面，那是天空的泪水浸润了泥土，我的心也湿润了。

雨过之后，希望我面前有你。毕竟我们总会相逢的，就像万河归海。

遨游太宇

　　"白昼的清晰是有限的,黑夜却漫长,尤其那心流所遭遇的黑暗更是辽阔无边。"

　　二十多岁,正值风华正茂时,史铁生即将进入社会闯荡,面对风风雨雨。青年的踌躇满志和意气风发填满了他的心。青春值得走南闯北,看遍世界,书生意气,挥斥方遒。

　　疾病导致他的生活发生转折,轮椅自此陪伴了他的人生。他无法遨游世界,双脚被禁锢在这一寸天地里,出行皆要与轮椅为伴,失去了这个年纪该有的放纵的机会。

　　"人有时候只想独自静静地待一会儿,悲伤也成享受。"

　　翻开《病隙碎笔》,我才明白史铁生原本并未考虑走向写作这条道路，是生活迫使他以笔代步，行走天涯。肉身虽无法动弹，灵魂却依旧能遨游世界。或许轮椅上不似外界纷然嘈杂，他的双眼能看透更深的本质，他的灵魂能感受到更多的美好，他的思想能开辟一方天地，独游星海。

我经常能在字里行间朦胧望见史铁生孤独悲伤却又心有不甘的背影。万家灯火照亮了夜空的半边天，今夜无月无星河，只有一颗孤寂的星星在偌大的夜空静静发出微光。地上有一位孤寂的人，他缓缓推着轮椅在外感受晚风轻拂，抬头独自仰望夜空，目光深邃，眸中倒映着那一颗孤寂的星星。孤独的灵魂终将相遇，正如他的内心，虽然一片漆黑，却总有一丝希望倔强地闪着光。他沉浸于悲伤，他享受悲伤。

"生命就是这样一个过程，一个不断超越自身局限的过程，这就是命运，任何人都一样。在这过程中我们遭遇痛苦，超越局限，从而感受幸福。所以一切人都是平等的，我们毫不特殊。"

在书中他从不以"残障人士能做到这些"为傲，他享受人们平等的目光，享受的是人们对他精神的学习，而不是将他身体"卖惨"的一举一动放大剖析。我曾经对残障人士饱含同情，殊不知这也是一种无声的嘲笑。那时我只因为一点身体的不便就将他们视为弱小，实际上他们的精神往往无比强大。

"但是太阳，它每时每刻都是夕阳，也都是旭日。当它熄灭着走下山去收尽苍凉残照之际，正是它在另一面燃烧着爬上山巅布散烈烈朝晖之时。"

虽然身体遭受重创，但他永远心怀希望。他苦中作乐，珍惜生活的美好，在病痛中强撑着身体，勤奋地汲取知识。接连患上的肾萎缩、尿毒症不能摧毁他的意志，在轮椅上的时光他不曾辍笔。他的思想遨游太宇，他的灵魂走遍世界，他的目光看透一切，他的胸怀博大，包容一切。

"人死了，就变成一颗星星。"

"为什么变成星星呀？"

"给走夜路的人照个亮。"

他是最耀眼的那一颗星星。

（本文入选《西湖·文学少年读本》2021 年 7 月刊）

颂 秋

　　秋日没有明媚的春光、繁茂的夏树、飘然的冬雪，有的是：秋高气爽，山林簌簌，落叶缓缓归尘土；心旷神怡，晚钟声声，飞花自在轻灵舞。吴山秋木萧萧立，鼓楼钟声悠悠然，幽竹小径通游湖，苍翠古柏堂前立。秋雨淅淅沥沥，洗净大地浮尘，一点一滴的水洼是堆积的诗意。秋虫山谷鸣，洞穴雨露滴。苔痕抹了浓绿，石板上凝了朝露。

　　我愿追随诗意，踏上寻找云游诗人步履所及的秋景之路，吟一首秋的颂歌。

　　"荆溪白石出，天寒红叶稀。"

　　秋溪潺潺，山叶落地，一段卧地小憩的枯枝静静感受着流淌过的秋意，随着淌过的溪流微微摆动，那是它在祭奠自己的盛夏岁月。孤零零的白石漠然静观这万古不变的寂寥秋景，任河流一点点侵蚀了自己的身躯。

天更冷了。红叶稀疏斑驳，日光倾泻其间。深秋的忧伤感染了整片丛林，风传递着树叶呜呜的悲泣，那是对生命即将结束的惋惜。许多树叶选择绽放一次，将漫山火红献给了人们的眼。

"山路元无雨，空翠湿人衣。"

青苔缓缓攀爬上一阶阶青石板，早间的露珠尚留恋缱绻秋景。世间一切如此清新，混着落叶气味的秋风拂过我的面庞。真渴望一场淅淅沥沥的秋雨冲刷这片山野，让自然用画笔重新为这一切着上鲜丽的颜色。我缓缓踏着青石板，感受脚底青苔的柔软，望着苍鹭在天际盘旋。

落叶知秋，微风徐来，所有美好不期而至。

（本文入选《西湖·文学少年读本》2021 年 9 月刊）

昏黄的梦境

夜晚有风吗？我何曾被晚风吹拂过？

在小时候的记忆里，在夜晚我几乎是不出门的，未曾体验过"在寂静的街道上怀揣着孤独的心事走过"的感觉。因为胆子小，在深夜中，我总是臆想身后有悲戚的"流浪鬼"跟随，上楼梯时沐浴在泛黄的灯光下愈加怀疑，呼吸也跟着紧促。奔跑的小小身影嵌在掉漆的旧墙面上，就像分针一点点割裂素色的钟面。到了家中，我依旧惊魂未定，看着眼前熟悉的事物，嘲笑自己是胆小鬼，并决心坚定地做一个唯物主义者，然而小屁孩乳臭未干，在黑夜的怀抱中，我小小的身影又将在楼道中摇晃。

我小时候怕夜晚，怕黑，是因为小时候相信"鬼"的存在，总觉得"鬼"是一种可怕无情的存在。当然，我现在已经不信有"鬼"了。

再大一点,我就有了些许对夜晚的记忆。别的女孩子总喜欢逛商场,而我则喜欢在大快朵颐之后,惬意地趴在窗前望向街上。一点点的灯光聚成一个个色彩斑斓的圆点,忙碌的车辆汇集在道路上。夜晚就像酒精般令人迷醉,好像充斥其中的不再是孤单、清冷,而是欲望,是热情,是舞池里的狂欢。

但我依旧没有体验过晚风。晨风与晚风到底有何区别,现在我也不得而知。字面意思是不同时间段的风,诗人却能用各种意象描绘出风的姿态。我从未像影视剧中的少女那样坐在天台上吹风,也没有卧在大地上仰望星空,感受晚风的吹拂。

偶然一个早晨,我迷迷糊糊地起床,在打开窗子的一瞬间,清晨的风一股脑儿袭来,直直扑向我困倦的脸庞,携走我的困倦。满面的风啊,顺着我的面庞,丝丝滑入我的肺腑,带着青草的芳香,带着如花朵初绽的活力。

从此,我对晚风有了猜测,或许晚风会促我入梦乡吧。

很快,我就获得了体验的机会。学业的压力伴随的是堆得满满一桌的书本。不知道是出于夏天的闷热,还是学习带来的心里的苦闷,我试着打开窗。一阵晚风拂过我的面庞,和泛黄的灯光交织在一起,一时染上了昏黄的颜色。暖暖的、轻轻的风翻动着我的书页,像温柔的姑娘,像慈爱的老妪,它在我耳边轻轻地唱着摇篮曲。

晚风拂过玻璃窗,该关掉灯,睡一个好觉,做一个好梦了。

近　视

　　我年幼的时候喜欢在熄灯后躲进被子里用手电筒看小人书。书上的内容很有趣，能填补我在白天自己一个人独来独往的孤独的心。这很好，即使现在来看，我也觉得很好，于是我把那个行为叫作"自我疗愈"。

　　不过后来，我发现自己越来越离不开小人书——即使是已经看过几百遍的小人书，即使我已经能把里面的内容都背下来，我也依然热爱将小人书放在被子里用手电筒照着看下去。

　　我把被窝当成家。这很好，比起无法融入群体，这已经很好了。然而纵使被窝再像家，再能治愈我的心灵，长此以往，也要付出代价——一双眼睛早早地近视。

眼睛有没有近视，是可以从镜子里看出来的。近视的眼睛无神、疲惫、丑陋，你一眼就能看出来。我看着镜子里那看起来显得有些呆呆的眼睛，犯了难。比起在我眼前的每一幅画面都渐渐失去它们应有的光彩，我还是选择忍一忍渡过难关吧。

我的眼睛近视了，要父母费工夫带我去配眼镜。配眼镜麻烦之余，戴上眼镜不免又要在学校里被人叫"四眼狗"，因此，不告诉父母比告诉好。

我家的后院有个巷子被人取了挺上档次的名字，叫作"人间山"。人间哪座山头不叫"人间山"？我在"人间山"里的某个摊子穷尽自己平日攒下的积蓄买了一副老花镜，戴上之后才知道其作用只有雪上加霜。我想找摊主退掉，第二天已经找不到那人了。

无奈，奶奶的桌上多了一副几乎全新的老花镜。

父母最后还是知道我近视了。歪头的毛病和眯起眼睛看东西的习惯出卖了我。父母什么都没说，拉着我去配了眼镜。同医生客气几句，再对着视力表上下左右比画一通，花掉父母一个月工资中的一部分，新眼镜就到手了。

圆框眼镜并不适合我，我觉得圆框显得我很蠢。但是我没有选择的余地。摘下眼镜，我也不知道这双眼睛到底是不是恢复了神采。自然而然地,我选择透过镜片看世界。

　　这天洗脸时,我摘下眼镜,久违地对着镜子注视我的眼睛。我的眼睛还是那样丑陋、无神。然而有光照了进来,我的眼睛变得流光溢彩。就好像,仰头就是新世界,那光仿佛要刺破我的眼。

献给彼时欧洲的革命者们

如果冬天来了，你是否会俯身倾听人们的悲鸣？

去听听看，那是没有钱买煤炭、瑟瑟发抖的老人的呻吟；去听听看，那是衣衫褴褛、没有厚衣御寒的孩子的悲鸣；去听听看，那是在河边凿冰的洗衣妇的叹息。

寒冬从未离去，只要那无耻的教皇还在假神之名愚弄大众；春日从未到来，只要那无耻的国王还在啖食人民的血肉；坚冰从未融化，只要那奸诈的资本家还要吸干工人的最后一滴血。

他们告诉你们，你们应当感恩戴德；他们告诫你们，你们应当安分守己；他们恐吓你们，你们若反抗，便会血流成河。

你们想要和平，却忘记了和平应建立在平等之上;你们想要安宁,却不知道安宁不应笼罩在苦难的阴影之下。你们曾是雄鹰,却被告知你们只是无害的家禽,渐渐地,你们忘记了自己也有利爪,你们忘记了自己本可以翱翔天际。

在彼时的欧洲,多数人都想遵纪守法,却忽视了律法不是为保护他们的利益而立的;劳苦大众品性淳朴,不晓得他们的敌人有多奸诈残忍。

去看看,去看看跟你们呼吸一样的空气的人是怎样在你们头上作福作威的;去看看,去看看享用你们劳动成果的人是怎样对你们不屑一顾的。

是时候了,春雷该炸响了,冰雪该消融了,阳光应当重新照耀于阴霾重重的国度。站起来,翻越他们的高墙,冲进他们的城堡,戳穿他们看似坚固实则纸糊的谎言。

不要畏惧,不要恐慌。牺牲是多么崇高的词语。

不要祈祷,不要忏悔。尔等所作所为问心无愧,当为正义。

不要怜悯,因为敌人不会怜悯;不要期许,因为他们不会退让;不要抱有希望,因为他们必定让你失望。相信你的兄弟姐妹。不要鄙夷女性,她们有着不输于男子的勇气和智慧;不要排斥异族,他们受着同样的折磨和苦难；不要摒弃信仰，只是不必再寄托于某个偶像。

受害者绝不可成为加害者。记住你们的苦涩，是为了不让更多的人尝到这苦涩；记住你们的眼泪，是为了让你们的后代不必流泪；记住你们的疼痛，是为了让这世间再无疼痛。

现在去吧，冬天要结束了。

艺术革命

"我白天看见熄灭的太阳，夜里看见萎缩的月亮。我是这个混乱世界里的指向标，通往暖色调的故事里的乌托邦。"

事实上，我再清楚不过这是一个荒谬奇诡的梦境罢了，当扭曲的世界呈现在我的面前时，我好像跳出了巨大辉煌但沉闷的铁皮盒子。这种现实感所带给我的幻想般的体验甚至超乎醉酒的迷蒙。然后我不可避免地醒来，窗外水泥色的天空和一盏昏黄的路灯在始终如一地坚守。事物不再如同梦里一样扭曲，反而一板一眼的，有些死气沉沉。我给自己倒了杯威士忌，站在窗边有些凄迷又苦闷地望向大地的尽头。我的心脏在梦里久违地猛烈跳动，而这冲动的余韵即使到现在也未完全平息。艺术感的冲动头一次没有溺死在我的脑海里和笔尖下,反而叫嚣着刺破和撕裂我。显然,反叛的艺术选中了我这个忠诚的同志,也极具艺术性地将我置于现实和虚幻的岔路口,命令我给自己下最后的定义。

写实主义的铜墙铁壁是时候崩塌了,超现实主义与魔幻主义将舒展她们诱人的胴体。我站在窗前,昏黄的路灯闪了几下然后熄灭。天边亮起来了,带着这个季节少见的朝霞。我抬起手吞下了杯子里最后的威士忌,微醺的酒意又将我带回那个吊诡的梦境。

"这是超现实主义的魅力和……一场艺术革命。"我说。

辑二

短 篇

抛　夏

一

"雾缭莲隐轻舟小,红影浮水照。"

　　朦胧大雾缭绕眼前,水青山黛似一幅绝美的泼墨画,我伸手欲轻触那朦胧世界却又忽地收回,怕点破美好景象。夏日美景正好,莲开十里沿着两岸随清风起舞,花瓣娇嫩摇曳生姿,似苗条姑娘在河边嬉戏。山河锦绣,天地浩大,江水卷着小舟前行,令我感到十分惬意。

　　我着赤色外衣,倚于船侧静听山谷幽鸣,忽见船上老翁放声歌唱又咕咚几瓶老酒下肚,变得醉意汹汹,姿态豪迈,撑着船篙大力驶向"一线天"处。我不禁感叹山之奇巧,眼前只有一线光明而两侧巨石相对陡峭尖削。船边的水流愈发湍急,我紧握船舷微倾身，依旧溅上了几滴江水，待"一线天"过去，便见一幅画铺展在眼前。幽山两侧桃红柳绿，鸟鸣啾啾，令人感觉整个世界是清醒且美好的。我站起身立于船头，伸手拨开沾于脸侧的缕缕发丝，极目远眺，不禁感叹锦绣江山之壮美。

"素衫枕风醉吹箫，碧芙含露笑。"

我整理衣袖，褪去被溅湿的赤色外衣，徒留素衫。头靠船舷，清风袭来，便想着枕着清风入眠也挺好，梦中依旧会是美丽山川吧。等我再醒时已是不同风景，我沉醉于奇幻景色，手拿玉箫轻轻为山林吹奏，幽幽箫声于这番天地中独自徜徉。

船停靠在水滨，我不禁探身寻访，见雨后清新草木气息撩人而来，忍不住躬身捻起草尖置于鼻尖，忽地似发现珍宝般看见露珠滚于碧叶上，不禁伸手轻触，它却只是短暂停留片刻，就滑落叶下。

终是美景不可留。

二

"青萍逐水，霞灼赤蓼，雪蘋沾短棹。"

这儿仿佛是世外桃源，青萍随风在水中摇曳，团团抱拢又散开，荡起了圈圈涟漪。青灰色小鱼畅快穿梭其中而灵巧摇摆，身子胖乎乎得可爱。我探身走近，见其隐蔽于青萍中忽隐忽现，又探出小脑袋，吐出珍珠般圆润的泡泡。我想着有趣，细指微拨萍面，惊起了一片纷纷扰扰，叹了口气，站起身来，膝处略微酸痛。

遥望天际，霞光万丈，蓼草仿佛被灼烧，染上一身赤红。环顾四周，群山镀上淡金，某处阳光依旧灿烂只待落幕，抬头见天际如油彩般染上一片赤红与淡金。

虽说是晴空万里，却依旧是下小雪的时节。我落得满身冰晶与白绒，身侧短棹无力倚于旧船，也沾上了点点带雪的蘋。

三

"洲屿黄蝶迎芍药，金鹂花底绕。"

岸上小洲，此季别有生趣。芍药正待成熟，黄蝶嬉戏于此，翔舞好似梁山伯与祝英台，时而停歇于其间。成群黄蝶翩翩飞舞，似是移动的金点镶嵌于静物中，好一个一动一静，只可远观而不可亵玩。

忽听啾啾清脆鸟鸣声，原是黄鹂鸟鸣叫，声音婉转，仔细瞧，可见有黄鹂鸟于花底隐藏，胆小羞怯得紧。黄鹂鸟全身金黄，毛色夺人眼目。我双腿交叉盘坐，微微歪头静听鸟鸣，心情大悦。

这里仿若仙境美景，尘世不可扰。

四

"彩笔提顿信手描，山河绢帛照。"

我独坐窗栏边，听窗外雀鸣声不止。我褪去赤色外衣，只剩素白霓裳，小斟一杯香茶安放于桌前，挽袖提笔描摹窗外桃红柳绿的世界。茶香袅袅，我长吸一口气，继续描绘窗外莺雀。一笔一画，浓墨重彩，纵妙笔生花，任勾皴点染，便成了一幅《山河鸣雀图》。凝神久了，我便轻放彩笔，倚身于栏边小憩片刻。

来细看这幅《山河鸣雀图》吧。

线条细腻连绵，淡蓝色河面似是映着天际云彩，又生动如在画中款款流动，河间偶见粉嫩荷花点缀。粗犷线条连绵成山，山间青松挺立，树林茂密，几只藏匿于山林的小灰雀贸然出现于枝头，啾啾昂首啼叫。全画壮观又不失细腻，实乃佳作。

"流光容易把人抛，纸上娇荷犹未凋。"

岁月悠悠，纵使千百年随流光而逝，此刻重整家中画册，却见那幅《山河鸣雀图》犹在。我不禁惊诧片刻，小心用双手捧起，温柔地拭去落在画上的尘埃。

今夕何夕，不知此景早已消逝，窗外唯有那青山依旧高大，倒是怀念起那日时光。再倚栏，只听得风声萧萧。

画已有些褪色，几处褶皱已爬上画面，我用双手轻捻展平。画上华丽色彩早已消逝，河流不再生动，只剩沉寂；山色浅淡，山上树木似如今般枝丫光秃；横扫过去，只见一抹靓丽色彩——荷花的色彩出乎意料保留下来。荷花虽也描摹上岁月痕迹，但依旧粉嫩如初，含苞欲放。

忆往昔岁月，惆怅且美好。

五

"小亭烹茶红袖飘，亭后菱歌袅。"

独坐小亭，远离尘俗，见眼前樱花绽放满树芬芳。风吹过，落花无情却有意。我踱步至树下，弯腰拾起一片落花，轻嗅还残留一丝芳香。于是我郑重其事地将其安葬在了泥土深处而默然回亭。我穿着大红喜庆衣裳，裙尾拖至地面，红袖随风轻摆更添几分娇色。我在脑后别上一支金钗。然后，我起身将茶叶采下，轻放于篮中，再放于甑壶中微蒸，将蒸软的茶叶用杵捣成茶末，再放在模具中拍压成团饼。我将茶饼串起来，烘焙后封存。还剩下一些茶末。水烧开，水面出现细小的水珠，似鱼眼并微有声，便为一沸。加入一些盐到水中调味，当锅边水泡如涌泉连珠时，便为二沸。用瓢舀出一瓢开水备用，用竹筅在锅中心搅打，将茶末从中心倒进去。稍后锅中的茶水腾波鼓浪，"势若奔涛溅沫"，便为三沸。将刚才舀出来的那瓢水再倒进锅里，便是煮好了。我将煮好了的茶汤舀进玉碗里饮用。

茶香醉人，入口甘甜，唤醒人的舌尖味蕾。我兴致大好，起身翩翩起舞，轻摇扇面，玉佩叮当，低声轻哼古曲小调，声音婉转。倾身时，金银珠钗微摇，在风中相碰发出银铃声响。转身片刻，红袖轻舞，裙面卷起层层褶皱，似翻腾的浪花，又似繁花绽放于天地。

一舞惊天地。

六

"罗衣轻敛香径迢，款步把酒聊。"

我身着素裳罗衣，款款步于梅花小径，只闻得满树清香。抬眸望去，可见一片斑斓世界。满树芳香，惹人心醉神迷。我提着裙角小心踏过一级级台阶，徜徉于梅花林中。白梅娇嫩如尘间闺秀，落花终是醉于一地芳华。又见前方蜡梅似活泼丫头，我走进蜡梅林，只觉生机勃勃。虽是寒冬，却也有鸟雀相伴。

赏梅人多，有幸结识良伴，一同在隐蔽小石处斟酒对饮。酒味香醇，不一会儿脸上便红晕渐起，摇摇晃晃站起，与人携手相聊，聊春花秋月，聊月下花前，不外乎赤忱之心。

人生在世，幸逢知己。

山　险

　　风雪载途迷人眼,在雾茫茫的视野中,阳光被风雪撕成碎絮一般,散落于天地之间。大自然的怒吼与咆哮不绝于耳,雪花急急飘落,登山者似在风雪里一霎白头。穷冬烈风如刻刀,在他脸上留下条条痕迹。

　　登山者的双脚深深陷在雪中。他走不动了,停下脚步愣在原地,一只手支于额头处,眯着眼向山顶处眺望。他的眼中有着日光与远方的斑斑白雪,眼角湿润处是风雪入眸的辛酸。贡嘎山是"蜀山之王",海螺沟和刀锋般的山脊是它回馈于世人的自然造化。

　　登山者拍了拍衣服上的雪,又朝冻得通红的双手轻轻呵气,整理好行囊与登山杖,欲继续踏上征程。举目远眺,天地茫茫,视线混沌,他不由戚戚然。他闭眼侧耳倾听,却只闻簌簌落雪声,片片雪花孤寂零落于身前雪道而不见人踪迹。他低头细看手掌通红处，还残留着斑驳雪迹。

回首过往行程，登山者忆起前几日的苦楚。贡嘎山不可一步登顶，需惊人的耐力，翻过层层山峦，这就足以先筛下首批挑战者。北风呼呼刮向一张张紧蹙眉头的苍白面庞，咳嗽声不止，大自然派风的使者考验着心虽热身体却冷的人类。一开始他紧跟着登山的大部队，有些怜悯地看着越来越多的人在他身后停滞，却没料到迎接胜利前的艰难险阻困住了他。他沦落到当初他怜悯的那群可怜人的境地，背包中的补给品正渐渐消耗殆尽，他感觉有些天旋地转，不住地恶心干呕。他拖着千斤重的身子匍匐前行，离大部队越来越远，视线几度模糊。

他曾遇见雪崩。山势回环往复，必须小心一步一步稳稳踏住。贡嘎山总会给登山者准备惊喜。高处不胜寒，雪坠夺人命。在他走过的路途中，不知沉睡过多少遇难的冒险者。雪厚处难以行走，却并不意味着雪薄处便是康庄大道。当停下小憩片刻时，他仍需保持警惕。若闻大地奏起隆隆肃曲，曲调沉重，暗藏杀机，就要加快前行速度。过了片刻，山势动荡颠簸，他不慎跌倒，又强撑着尽力向前跑去，只盼着离雪崩

地越远越好。待大地鸣声沉沉而过,他余光瞄至身
后,突出的山脊已被雪抹去锋芒,而他的背包早已震
至肩侧。

他猛然叹气,紧拍胸口,再度回首,远方已是雾霭
沉沉。溅起的霜雪在阳光中旋转、飘扬,似是冰清玉
洁的精灵迎着风,伴着日光,静静跳起大自然的舞蹈。
他慢慢挪步行走,撇去须间尘土,待站稳身子后,弯腰
拾起登山杖。在片刻空白记忆后,他滑坠而下。无论
双手如何死命地抠住一切,重心却拉着身子下坠,背
包此刻发疯般扣住他的肩头往后拉去。他的指间摩
擦出血,他的手指通红刺痛,他的大脑一片空白,他将
要放弃,任自己如沙包般狠狠地坠落,为这座山的神
秘故事添加又一章节。

可他的心不屈服。他想自己已身经百战,经历风
霜雨雪,无数困难都被自己克服,而如今要屈服于这
命运了吗?

他旋转,他急速下坠,他尽全力抓住一切,他闭眼
以身体对抗翻飞的视野,他抓住凸起的棱角,慢慢地、
慢慢地将身子稳住后于一侧厚雪处扭转以保持平衡,
他的双脚一刻不停地在茫茫雪原上留下深深浅浅的
印记。

当他终于站到贡嘎山顶,立于万山之上,他知道,天空已经变得明朗了。

他挥挥手与往昔告别,怀着满腔热忱继续前往远方。

(本文入选《西湖·文学少年读本》2021 年 7 月刊)

森林回忆

我从林中缓步而来，将回忆埋入身后的枯叶堆中。那回忆如一湾浅浅的水潭，当天色破晓，林鸟初啼，茫茫白雾遮住天光，云影缱绻，缓缓盖过绒绒山头时，我总是心如止水地凝望着它。那里残留着天空的痕迹，在雾气弥漫的早晨投射出一片朦朦胧胧的岁月，仿佛我的记忆也融入其中。有时会见枝间露珠滴答垂落，在小水潭处溅起朵朵涟漪，悠长的岁月如一片残梦散开了；有时又有一片残叶悠悠然飘落在水塘中，载着那些陈年旧事，在时光中打转。

"我终于绽放成烟火，惊慌却无比灿烂过。"

我曾经灿烂过，亦怀念那段美好的时光。我曾与众友载歌载舞，万物生辉，万物也曾与我相好。我犹记得我们曾执手攀上小山望晨光万丈，也曾在烟火大会上执手相望而笑，你的眼中映着我满含笑意的容颜。我们互相许下诺言，共同期待着未来。我们抬头能看见烟火在夜空中灿烂绽放，将半边黑夜染成充满希冀的金黄，那是一朵朵镀金花朵在斗艳争芳。

一切恍如隔世。今夜星光灿烂，依旧美丽，一阵风却足以让我瑟瑟发抖。我独自一人支手托腮坐于山顶，裙摆的小铃铛挂饰随晚风轻摇，发出清脆的铃声。烟花的声音在耳边阵阵响起，我望着一束束烟花上升、旋转，最终碎成无数屑末，一簇的辉煌转瞬即逝。

山林依旧独自寂静。

"繁花在背景里斑驳太多。"

我无助地愣怔在原地，不知不觉有眼泪慢慢滑过脸庞。身后微风轻起，山林婆娑声渐起，回头望樱花缓然飘落，朵朵轻盈飞旋慢慢着地。发丝在风中遮住了我迷蒙的双眼，视线愈加模糊，只见光点闪烁。

"我们任由泪光闪烁。一切尽在不言中。"

（本文入选《西湖·文学少年读本》2021 年 9 月刊）

雪　原

想去雪原。

"那里有茂密的针叶林。"

雪原之上是望不尽的林海,层层叠叠的针叶林守卫着巍峨的皑皑雪山,仿佛大地巨人手擎的能刺破混沌天地的锋镝。凛冽寒风疾驰而过,抖落排排耸立于针尖的细雪,纷飞的雪花挽着风的手臂,一起摇摆旋转飞往四处,为庞大的针叶林笼上一层透明的薄纱。点点雪花在风中绽放,紧紧抓住那一刹那宣示它的存在,轰轰烈烈,却又渺小孤独。

"无尽的冰原。"

我疲惫的身躯跪倒于肃穆的雪山前,身后是独独一串深浅不一的脚印。极目穷尽天地,终止视线的永远是那一条亘古长存的,割开黎明与黄昏、朝阳与落日的,绵绵不绝的雪线。这雪线就像我漫无目的的人生,如今尚处迷茫、无法安定下来的心境,以及迄今为止漫漫长路上无人相伴的未知旅程。天地很干净,无声落下的大雪掩埋我存在过的痕迹。我的内心也很干净,期待迟早会降临的寂静的死亡来封住我的口,让我携着冰冷的秘密痛苦地缄默。

"无尽的夜。"

朝阳只出现在我昏睡眼皮下的梦境中。梦醒后抬头,便能见到远处绚烂的极光,而久未见的那抹暖融融的阳光却依旧长存在我记忆中从未散去。极光美则美矣,只是我仍喜欢向阳生长。极光在雪原上空这张白纸上泼洒缤纷的色彩,那溅起四散的鎏金色便化作了飞逝的流星,连带着我眼中一点点涣散的希冀坠落在不知名的远处。

"以及旷日持久的孤独。"

兴许是穷冬烈风冻僵了我的口舌,我已许久未开口说话了。若有一位同行的勇敢的伙伴,那些冷冰冰的场景也会在我口中变成一幅幅美丽图画吧。我会告诉他那不绝万里的雪山是腾飞的玉龙,会告诉他那璀璨的极光是鸾凤的尾羽,会告诉他那连绵的林海是巨兽的獠牙,会告诉他我们正在时间的条带上行走,

抛

夏

我们是一粒粒缓缓落在巨大的岁月钟表上的浮尘。

　　最后我会选择埋葬在极光和冰层之下，再也不醒来。

元宵·踏莎行

　　雪渐消融，山头嫩绿渐浓，冰花雾凇萧萧落幕，枝间残冰尽褪，只留晶莹几许。我小步缓缓而行，流连山间，用指尖剥去冻叶枯枝以寻春，幼嫩的花芽俏皮地隐匿其间，待人寻宝。

　　这日万家灯火照溪明，天际与人间互为倒影，虚实难分。黄灯高挂，琉璃璀璨，道旁枝丫间垂落盏盏琉璃黄灯。灯大小不一，却盏盏夺人眼目。大灯辉煌灿烂，小灯似害羞的姑娘一般遮遮掩掩，需撩拨枝丫才能望见。风吹过，缠绕在枝丫上的流苏纷然飘扬，万灯齐晃，摇曳成金林一片，颇为壮观。

　　此等元宵佳节，皓月当空象征圆圆满满，不知人间是否团团圆圆。

　　我坐于山神庙石阶前抬眸托腮望明月，应是想到故人。凝神望月，不见玉兔与嫦娥，只见一片渺茫，大抵嫦娥在月宫中还是日复一日地寂寞吧。官桥边，柳依依，万古长青。嫦娥想必正孤身一人静看白鹭于江面齐飞。清冷夜色惨白如灰。花瓣娇嫩如雪，待西风吹得满地，纷纷然然只道是雪落天庭。惨白月光映衬而银光微泛，花香满溢后庭院。

正在怔怔凝思时，我忽闻身后瑟瑟声，在这迷迷蒙蒙夜色中，有公子踏步而来。云雾缭绕，烟霞弥漫，抬起头能看到天边有卷卷的云朵在四处流浪。他破雾而来。

我与这位书生打扮的人儿隔时空相望。我在恍惚中见其身着素裳白衣，手执青花扇，身背行囊，正缓缓弯身取出几样花果小心摆于案上，点了烛火便屈身诚心跪拜。庄严之音回荡于大殿之内。

我为他所做的动容不已。他清秀面容中透着坚毅，他眸中所含的期许和澄明的心思，我能感受到。他缓缓起身点起庙内沉香，悄然步后关上庙门以谢绝寒风。此举更添庙内暖意，温润烛火跳动不止。少年开口："只愿疫情不再祸害苍生，国医无双平安归来，望众神允愿。"

我心领神会，悟到今夜虽万家灯火却无人烟，原

是人间有难。我轻抿一口老酒点头默记于心，目送书
生背影渐行渐远。人间虽有难，然心炽众人帮，灾难
终会过去。

清醒与孤独

风轻扬鬓发，携着簌簌落叶声，惊起山雀四处。我独倚栏杆，脚尖无措地摩挲地面。我已离开红尘俗世，在山间发愣，看夕阳捎走最后的落雁，余晖惨淡。

真的很单调，风起林摇，漫山只有银杏而无野花，不见蝶舞纷飞，不闻人声足音，只有沙沙空响遍遍回响于内心，使人陷入难以控制的低落。理智是摇摆于脑海中的小帆船，追逐着孤独的落日。

我独自走下江边栈道。深秋时节，满眼深红。我拨开眼前树枝，缓步于泥泞间，躲过枝丫来到江边。我回首侧身凝望浓郁耀眼的红，枫叶于枝头高挂，随风轻轻摇曳，又悠悠然落地，千枝万枝重重叠叠，尤为壮观。

湍急流水在眼前匆匆而过，江岸潮湿一片，我伫立不动,静望桥边水波涌起。这天地多么辽阔啊,却空无一人,万物沉寂,陷于无尽的孤独。我落寞地立于江面向东方看去,只有残破的荒桥,矗立两侧的残缺石狮都已染上旧尘。傍晚已至,日落西山,只剩那点日光斜射一点山头。我侧身见一小舟急匆匆掠过,想必舟上的人急着赶路。

我伸手轻掸尘灰,面露倦色。我见江水悠悠流向远方,不由得湿润了眼眶,便草草拿出面巾纸,轻轻擦拭眼角。只念故人已去,双手还倔强地攥紧坚持,在秋风中徒增可怜。

江水弯弯绕绕流过旧桥,带着人的悲伤遥寄远方,无论日夜朝暮,皆为思念。我明知此番结局,却在这无助地心存希冀,任其付诸东流。

凡夫俗子,来去匆匆,哪还管惦记着谁。

遂识尽愁滋味,道尽天凉好个秋。

不知不觉间,时间已至 23 时 15 分,我直愣愣地望着深重夜色,独几只寒鸦还似有学问般聒噪着几句世事,显得略有些可笑。我从兜里掏出一卷略有泛黄的纸页,将那些往日的字迹抛入滔滔江水中,做个告别。

做完这一切后抬头,我能看见繁星点点装饰着天空,只有那一丝云缝中透出的月光将周围变成冷色,我的目光对着那光线的来源处颤动,思维凝固了。

瘦小的人影渐渐折叠,我坐下来了。

我躺下来,头枕着身后杂草,孩子般无助地望向天边的光亮处。

我彻夜未合眼,见证着远处的太阳冉冉升起,金光洒满大地,却并没有带给我温度,我还是浑身冰冷。孤独真的是件很可怕的事。我轻哼着不知名的小调,脑海中渐渐浮现出一句话:

"伴你身侧,而身侧却是银河。"

是什么扰动花丛,渐渐向我走来?她那乌黑的头发被大风吹动。我眼中闪过一丝光。那是喜悦,是见到眼前人的喜悦。我看着她曼妙的身影一步步靠近,我站起身,一步步靠近,我张开怀抱迎接她——

梦醒了。

我在做梦。我知道我在梦中。

灵魂中最深的孤独,是伴随着清醒而来的。梦醒了,我还是很孤独。

"有人吗?有人在那儿吗?"

我突然起身大喊,满怀惆怅地颤抖,几秒后,整个人便无力地瘫倒了。

你就像是偶然降落在我这颗行星上的飞船，我却不想让你再次起航了。

悲欢零星

　　"人生只似风前絮，欢也零星，悲也零星，都作连江点点萍。"

　　秋风瑟瑟撩拨江中眠月，云淡风轻，山高水远。天际不见星星闪烁。夜空似承载着人世间满满的愁思，在这寂静无人的时刻才得以缓缓倾诉。远山的阴影高大而威严，湖面柔情荡漾波光粼粼。偶有几声鸦叫打破死寂。

　　惨白月光照亮我的容颜。美人迟暮，举镜自顾，曾经秀丽的青丝边渐生几簇白发，徒增三分悲戚。鬓边海棠犹未凋，只是面色苍白垂垂老矣，岁月的褶皱慢慢地覆上青春美貌，浊泪模糊了双眼，看不清楚这世道的美好。有谁能料我曾经拥有过一段芳华？念及此，我黯然神伤，只取来那琵琶旧友与我共叹。

　　神思忽被纷然嘈杂声打乱，我只得收住，侧耳细听帘外动静。隐约听闻另一艘船上的客人似是赏识我的哀哀琵琶语，熟悉而又陌生的日子恍恍惚惚即将来临，一时我竟乱了阵脚，心思难定。当我下决心沉默不语时，另一艘船竟已悄悄靠近。帘外烛光朦胧，隐隐约约有红宴回灯。船上客人盛情难却，于是我半遮着脸面怯怯而至。我抱着自己的琵琶静坐木椅之上，缓然舒气拨弄着。只几个音符，便将江边气息渲染得愈发冰冷，那是我无尽的惆怅啊。

　　我合眼，恨不能将年华诉尽，信手低眉，拨弄琴弦，一拢一捻又抹和挑，奏出凄凄乐音，先弹《霓裳羽衣曲》，后弹《六幺》。大弦悠长浑厚如疾风骤雨，小弦幽幽切切如喃喃低语，嘈嘈切切弦音反复错杂，弦音如大珠小珠落玉盘，琵琶声一霎宛如躲藏在花底下的鸟发出的啾啾鸣叫。忽地弦音暂绝，似是清流凝结了。一种忧愁默默地散去，无声胜有声，江面唯和风吹过，绵绵续续撩起千层愁。波澜平静，万物聆听我弹奏，万物与我共醉，万物为我解忧。

　　忽地心中悸动，我猛地下手疾弹，乐音叮叮当当似是银瓶相撞破碎，瓶中液体四溅，铿铿锵锵又似战场相搏，刀枪厮杀。那是我对岁月逝去的无名怒火，是对不能永葆青春容颜的愤恨。待铿锵乐声至高潮时，我突然意识到个人的无力渺小，只以四弦一声狼狈结束，似布帛撕裂，撕裂了我梦中在布帛上绣着的美好图案。

一曲终了，寂静无声，满座皆无言。江心秋月惶惶，恰似众人的悲哀相通。

我终于起身，撩下面纱，苍老容颜尽显疲惫。客有疑问者，打探起我的身世，也带我的神思飞回那段京华旧梦。我还记得年少时双手就已弹起素弦，与琵琶从此开启一段奇缘。十三岁时，我已技艺娴熟，善弹妙曲，成为京中名伎。我天赋异禀令大师惊奇，娇美容颜惹得姑娘们嫉妒私语。我葱指挥舞，便引来富家子弟围绕献彩，红绡满屋，赞扬声不绝，钿头银篦经常因击打节拍而碎，血色罗裙弄上污迹却毫不吝啬可惜。这样奢华的日子似是永远看不到尽头，我沉醉在纸醉金迷和名望中不得挣脱。年华逝去，我对此毫无概念，我肆意挥霍，肆意浪费，尽情放纵。

时光不饶人，世事难预料。时过境迁，兄弟参军无音讯，姐妹相继离去，徒留我孤独一人。直至如今，我才发觉人们更欣赏青春的美好，年老色衰的自己只能嫁给重利不重情的商人。每每想到年少的轻狂愉悦，我便眼角淌泪。

　　同是天涯沦落人，相逢何必曾相识。

旧钢琴

一

我是一架摆在小巷里的旧钢琴。

我先是被人们无由地遗弃,后是被人们无端地遗忘。我看着旧巷一遍遍地翻新,涂上棕红的油漆,看着向阳花一年年地绽放,漫上金黄的色彩,看着流浪艺术家一批批走过这条古老的街道。

但不会有人注意到我。我太破旧了,白色琴键早已灰黄,枯枝落叶深深地埋在了缝间并腐烂,待几株野草的种子在消逝的生命旧土上焕发生机。我的支架早已成为蜘蛛的乐园,我的琴台早已成为漂泊种子的居所,我的琴盖早已成为尘土的栖息地。

远处有孩童的嬉笑声响起,和我身处的死寂截然不同。我早已习惯，我已目送了许多孩童走出这旧巷。我曾经很羡慕他们的自由之身，我曾经也做过被带走的梦，但那都是当时稚嫩的我的幻想。

"当——"

未曾料想竟有一个顽童注意到我，用他白嫩的手指按下了我的琴键。一声清脆的琴音是我不甘沉默的证明，也开启了我尘封已久的故事。

二

"赶快去找个厂子上班养活自己吧。弹钢琴没多大出息。"

诸如此类的斥责，我早已耳熟，那来自我的主人张安生的母亲。她极其反对他弹钢琴，认为这是玩物丧志。据她的口吻，男儿当自强，而不是整天与音乐厮混在一起。据说我的到来是安生花了数年的时间并立下誓言才换来的。从我进入这个家起，这样指责的言语就从未停歇。

张安生很有弹琴的天赋，人却不爱说话。他生来就安静，家里没来过几个串门的好兄弟，我算是他最长情的陪伴，亦有朋友的味道。他会一遍遍擦拭我的每一处，他每当坐在琴椅上，总是会扬着嘴角，似乎我

抛
夏

的灵魂能与他共通。

似乎也只有我能和他共情。巷子里的居民为生活所困,为柴米油盐奔忙。他们大多嘴碎,不说上几句,似乎凸显不出他们劳动的高贵和安生沉迷"淫词艳曲"的低贱。那些守旧的人在无聊时便拿安生开玩笑,声称这孩子"风流高调",用西洋货来装高雅。那些年轻人则背地里议论他没出息,看着不是老实人。只有我懂他木讷外表下的悲伤。每当他弹起钢琴,他的情思透过指间流淌进我的灵魂,我能感受到他那铿锵琴声里的坚定,亦能感受到他不被理解的苦楚和无奈。

岁月的流逝没有磨灭安生对音乐的执着和喜爱,在热闹嘈杂的旧巷中,依旧能从他这里传出清朗的琴音。比他大几岁的男子早就离乡打工,甚至比他小的男孩也在着急寻求工厂的工作,他成了巷中人心里"软弱无能"的"不孝子"。议论声与唾弃声日渐刺耳,家中的老母也声泪俱下,四处和街坊抱怨自己养了个不争气的儿子。然而我知道安生比她想的要更加"不争气":他的梦想是成为钢琴家。

一切都在一声清脆的耳光声中,在一滴泪无声地落在张安生跪着的地板上时幻灭了,张安生最终将我遗弃，去了远方的工厂，没有再回来。而我这件"玩物"也被搁置在旧院子的边角，与檐上时不时滴落的雨水为伴。

后来，这家人搬到他乡。再后来啊，这里被改造得光鲜亮丽，我也被人们渐渐地遗忘。

三

终于，我离开的日子来临了。巷子作为文化古建筑及人文旅游点将进行新一轮的改造，边角处将进行大清扫，我作为"玩物"要被清除，毕竟我早已没有了存在的价值。

在拆迁队来的那天，我的灵魂在我的琴键上奏起了最终章。我歌颂爱的执着，也叹惋张安生最终屈服于社会的忧伤。我肆意弹奏着过往的美好，我泠泠作响的琴声似乎唤醒了沉睡的春天，唤醒了梦境般的白日，唤醒了水泥桥柱下荡漾的河水，唤醒了远方啾啾歌唱的鸟雀，唤醒了绿意盎然的藤条。我似乎唤醒了整个天地，我希望让整个天地聆听我的美妙旋律，也希望让不知在何处的张安生能再次听到他内心深处曾经坚持的执念。

路过钢琴的坟墓，空气沉默地奏响。

背 影

　　那年是中华民国三十四年（1945），她十八岁，中原大地兵荒马乱。

　　她从睡梦中惊醒，被娘亲急匆匆拖下楼去，饱经风霜的村庄被火把与高头大马包围，哭喊声与斥责声夹杂着响彻夜空。慌乱中，家里的顶梁柱——父亲，如牲畜般被人戴上枷锁，并被驱赶至村外。锈蚀的铁链当啷作响，自颈子处把人群串成一列，父亲四处张望，找寻自己的妻女，然而驱赶的大兵朝天鸣枪，人群中爆发出了撕心裂肺的悲鸣。父亲颤抖着低着头，他的衣衫许久未缝补，难以蔽体，瘦弱的身躯踉跄地摇晃着，渐行渐远。

　　那是她最后一次见到父亲，他的背影消失在了跳动的火光中，再也没有出现过。

那年她二十三岁,抗美援朝战争开始,年轻的共和国呼唤她英雄的儿女。

新婚才过了几个月,枕边人便要离开。她的丈夫怀着满腔热血响应号召,奔赴前线。她知,她懂,她支持,丈夫拼搏奋斗,带给了她幸福的生活,如今他为国战斗,不该在此时计较儿女情长。她笃信丈夫能平安归来。

临行前,丈夫第一次向她行了军礼,他肩膀宽厚,板实的军装在他身上显得直挺。他的肩章上有一枚星星,如从红旗上撷下般熠熠生辉。那身影如青松般高大挺秀,军装色同枝叶,郁郁苍苍。她看着丈夫的背影默默祝福,却突然想起父亲,旋即又否定了那份担忧:他向她解释过,正是为了让她父亲的悲剧不再重演,他才扛起长枪冲锋陷阵。

然而自那以后,她再也没有见过丈夫。他的背影如青松浴雪,消失在了北方的冰雪中。在梦里,那一抹绿色仍然滋润着她干涸的心田。

那年她五十岁,"文革"坚冰初融,严冬最后的一片雪花,即将唤醒春天。

日复一日的劳作让她的手上满是老茧,前路漫漫无尽,她唯一的希望是与丈夫生下的孩子。那孩子天性聪敏,在缺衣少食的年代出生,却靠着知识成长起来。即便在"上山下乡"的浪潮中,他也从未放弃学习,相信只要努力便能改变命运。

那日其实再寻常不过,村中却突然有几个识字者读报纸给她听——高考恢复了!等她弄清什么是高考后,儿子已经开始准备行囊。她自认已至知天命之年,也被这突如其来的变化惊得乱了阵脚。等她反应过来,儿子已将照顾她的人安排妥当,向她挥手告别。风雪中,她望着儿子的背影,他蹒跚学步的姿态重现于眼前,如今的儿子即便身着单衣,也不畏严寒,身姿如丈夫般挺拔板正,背上的行囊装着笔记本和草稿纸,鼓鼓囊囊。她想起儿时听祖母讲的进京赶考的故事,想到她的祖母是怀揣怎样的心情送别孩子。她又想起丈夫,认定自己一生都无法摆脱离别,无法摆脱眺望亲人背影的状态。

在她的记忆里,儿子的身影划破茫茫雪幕,远行而去。她清晰地记得,那是历史上唯一一次冬季高考,但十年饮冰,难凉一腔热血。在儿子寄来的照片里,大学校徽的光芒,温暖了她孤寂的梦乡。

那年她九十三岁,生命已近圆满,江城的疫情却打搅了平和的时光。

"奶奶,您睡醒了吗?该吃药了。"

　　从睡梦中被唤醒，她回味着梦中至亲之人的背影，心境平和。这不是她第一次梦到这些，无论是梦，还是离别，她都已经习惯了。如今她过得很好，儿子有出息，又孝敬母亲。她从未料到，有一天能享受到这追寻一生的宁静——家人团聚、幸福安康。

　　护士打开电视机，调到了地方台。

　　"主任今天要带队去武汉了，他是第一批医生，即便担心，您也一定为他感到骄傲吧。"

　　武汉？对啊，武汉、武汉。儿子前几天也说起过，自己将会作为医生代表前去抗击疫情。她为自己的健忘感到一丝好笑。

　　电视上，儿子披着白大褂，正向一大批同人宣讲，其中几个来看望过她，她还有印象。画面切换，儿子已经全副武装，带着一批"白衣侠客"坐上火车，正逆行进入武汉。她呆呆地看着电视，儿子穿着隔离服，背影略显臃肿，正通过隔离区进入病房。

　　她又想起了梦中的背影，突然笑了，开心地拍起手来。

　　（本文获第十四届浙江省少年文学之星征文比赛三等奖）

小玫瑰

肯尼叼着狗尾巴草靠在一边的稻草垛旁,伸出五指,试图将那耀眼的太阳掌握在自己的小手掌中。对他这样一个从小生活在乡村中,每天盼望着学校早点放学好扔下书包在田野里撒欢的孩子而言,显然他发现不了他的周围是有多么令人心旷神怡。

下午 3 时的缱绻日光洋洋洒洒地席卷了整个麦田,远处几辆新刷上油漆的大风车在风中吱吱呀呀地交谈,伴着农忙时节的人们采摘的嬉笑声浪漫过了四方;三两只麻雀停在戴着牛仔帽的稻草人身前叽叽喳喳,歪头商量着怎么对付这庞然大物;五六只蚂蚱在麦间跳跃追逐,惊扰了出土小憩的蚯蚓。邻居汤姆大叔鼓捣起他的手风琴讨玛丽阿姨的欢心,借这柔和的秋风将心意倾诉,然而那条总爱耷拉着耳朵的大黄狗却在两人之间方便了一下，悠然而去。一声怒骂声从汤姆大叔所在的方向传来。

若在平时，肯尼绝对不会对此坐视不管。但现在他愁眉苦脸，迷茫地望着指缝间那丝丝落下的阳光发呆。

年幼的孩童不知道大人复杂的爱情，却往往渴望变成大人的模样，将那最纯真稚嫩的好感归结为简单的心动，比如肯尼。

他在城里的小学上课。班上的女孩子大多在刚进校时还哭哭啼啼地离不开父母，但麦格却是一个安安静静地在座位上整理书包的姑娘。她的书包是淡黄色的，这让肯尼想起了家乡大片大片的稻穗，而那旁边的书包袋里装着一个带着些许刻痕的玻璃小花瓶，瓶中绽放着一朵玫瑰。当她挎起小书包走动时，就像一抹明艳的红色在黄灿灿的稻穗堆中起舞。肯尼非常喜欢她的书包，并认为麦格是个有品位的好女孩。

他发现麦格和他完全不是一个世界的。他是典型的在泥巴堆里打滚的脏兮兮的"熊孩子"，而麦格却乖得不像话，是老师们经常夸赞的对象。肯尼花了无数的小心思想要接近麦格，但每当他走向麦格时，他望着麦格点缀着雀斑的小脸就挪不动脚，于是，他只能远远观望麦格每天梳得服服帖帖的褐色麻花辫。想起她可人的微笑时，肯尼总是感叹真的见到了童话书里的天使。

肯尼瞅中了麦格的书包，试图从那朵玫瑰中看出些许破绽。玫瑰的颜色有些暗淡。这么闪耀的女孩可不能配如此暗淡的玫瑰。

汤姆大叔是玫瑰种植大户，因为玛丽阿姨喜欢玫瑰。单纯的肯尼从未像从前那样渴望一朵玫瑰，曾经的他认为这玫瑰代表的不过是大人庸俗且不可理喻的浪漫，但现在他似乎明白了爱能赋予事物更多色彩，也更加理解汤姆大叔热忱的爱。他辛辛苦苦装着乖小孩的模样，终于讨来了一朵娇艳欲滴的玫瑰。

那日，他如往常般骑着被称为"小马驹"的爱车来到学校，兜里那朵艳丽的玫瑰颤颤巍巍，在风中不住地低头。晨光慢慢驱散了大雾，沿路浅黄色的建筑一点点显露出来。早上 7 时的道路让人放松，车辆的鸣笛声代表着一天喧嚣的开始。三两行人匆匆路过。飒爽的秋风吹不灭少年心中的热情，他任风俏皮地逗弄自己的发梢，脚一刻不停地蹬着车。

可惜在那个学校前的路口处，恼人的红灯阻挡了他激动的心情。肯尼愤愤地用手摩挲着车铃，无聊地四处张望，却望来了他的小玫瑰。麦格晃动着她的小辫子蹦蹦跳跳地从街的另一侧转角而来。肯尼手忙脚乱地一边小心翼翼整理着被风吹乱的头发，一边用余光瞄着麦格，希望她看不到自己这狼狈的景象。他将兜里的玫瑰小心翼翼地握在手中藏在身后，在那一刻踌躇不前。

他可从来不是这样的胆小鬼呀！

麦格愈来愈近了。肯尼的手汗仿佛汗湿了他的心，他如同在稻田中徘徊望不见出路，迷茫的冲动让他有些后悔。他假装低头观察着自行车把手，然而却望到了麦格的小鞋子在走动。抬头一看，路口早已是绿灯了，而他却迷失而不自知。

少年鼓足了勇气，视线离那褐色的麻花辫越来越近。他咬咬牙将那朵攥了多时的玫瑰伸至追上的小姑娘面前。望着麦格的双眼，他知道自己即将失去勇气，索性做出了最小孩子气的事情——将鲜艳的玫瑰强塞在麦格的小手中，然后将车子蹬得飞快。他只留下一句高昂得有些不自然的招呼声。

"早上好！麦——格——"

这便是肯尼现在在稻草垛旁沉思的前因后果。

抛
夏

如此戏剧化的事情就发生在昨天,今天去学校时他更加不敢面对麦格,只是一如既往远远地欣赏她娇小的背影,然后发现了一旁的玫瑰,就这么简单。

现在的肯尼其实真的挺想问问那位小玫瑰,在那件事发生之后,当她做梦的时候,他这个毛头小子在里面吗?

科奈莉娅

"去滑冰吗？我还没有见过室内冰场。"科奈莉娅说这句话的时候微微垂下了头，让鬓角的散发自然地遮挡住她两侧的视线，就像是在做某种沉思。方形的镜片有些反光，给她的眼瞳蒙上浅淡的半层白翳。"你能邀请我，那当然是再好不过！"我笑着同她点头。

这座城市总是有太多的阴天，就连街道上的建筑也是黯淡的，很少有什么斑斓的色彩，也难怪科奈莉娅眉目间总带着某种浅浅的忧思。可她明明也曾有过那样欢欣的岁月。坐在她身旁的时候，我总忍不住感慨。

其实第一次见到科奈莉娅的时候，她还不叫科奈莉娅。她自我介绍时，用带着轻微口音的低地德语，轻声吐出她的名字。科涅莉娅，像古希腊时代的某位女神的名字。迷人的她常常是男人讨论的对象。想要邀请她去舞会的女主人都得多长个心眼，防止她抢走自己的风头——尽管她常常无意如此。

可是，看哪，她的睫毛微微翕动着，半掩一双润泽的灰绿色的眼，金色的柔软鬈发挽在脑后，不经意垂下几缕搭在裸露的锁骨上。因为紧张，她的呼吸不由自主地加快，雪白的胸脯便随之起伏，连同胸前浅绿色的蝴蝶结一道。而当她受邀时，那双堪与皮格马利翁刻刀下的少女的手相匹敌的纤纤玉手，轻轻搭上来人的臂膀，双颊泛起红晕为她平添几分俏丽，眉目之间却还是纯真的神情。这时她感到被许多目光注视着，立即窘迫起来，第一支舞结束，便匆匆离去。

常听见其他人的感慨，说她哪像是生在波美拉尼亚，长在波罗的海之畔的女子，要不是因为知道她的出身，人们倒更愿意相信她来自阿尔卑斯山之南。诚然，她轻盈而美丽，如同日内瓦湖中游弋的天鹅，生长在多种文化交融的地域，又有少女的青涩和历史的厚重相叠，其绰约风姿自是不必多言。

但她最迷人的时刻并不在那华丽的厅堂之上，要我来说，她最美的时刻定然是于清晨的郊野小径中出现的时刻。没有那些繁复的装饰，她仅仅身着简单的便服,微醺的空气便愿意为她荡开波纹。她轻柔地哼唱着波美拉尼亚的民谣,我几乎快要跟不上她蹦跳的脚步。"慢一点,科涅莉娅!"我上气不接下气,只能呼唤她的名字。"我才不是科涅莉娅,我是科奈莉娅!"她忽然很严肃地转过头来朝我大喊,"我呀,我是波尔斯卡的女儿,我的名字要念作科奈莉娅,那才对呢!"说到这里,她忽然停下脚步凝望着远方的某处,于是我连忙顺着她的视线远望,只见数千条金红色的绸带从海平面上拂过,染红了大半的天空与海面。"新的一天开始了!"这么说着的时候,她的眼底满是兴奋和期待。

后来我离开了家乡,很长一段时间都不曾触碰过波罗的海的浪潮。我与科奈莉娅再次相见的契机竟是从尼曼河畔开始的一场紧急撤离,我刚好途经科奈莉娅所在的城市,便顺道去探望她。我进门就见到满地零散的金色碎发,它们像某种线索一般引着我渐渐走向阳台扶手椅里蜷缩着的她,无力的日光照亮了最后一束未被剪短的发丝。

"科奈莉娅!"就在我喊出她的名字时,银色刀光闪动,那一束残留的金发慢慢坠落下来。她顶着一头蓬松的短发慢慢转过头来看着我,曾经海水一般的眼眸如今已经黯淡失神。"科奈莉娅，怎么回事？"我急切地询问她。而她只是摇头，起身捡拾起那最后一束发丝，包在牛皮纸里塞进抽屉。我注意到她的脊背不再挺直，仿佛正有千斤的重担压向她。少女时代的科奈莉娅除了那相似的面容之外几乎无迹可寻，她脸上曾经无比明媚的笑容消失了，取而代之的是浓雾一般阴沉的表情。她向我举起一根细细的红绸带，让我为她系在发间。

炸弹落在她的城市，我们在城郊就能看到火光。虽听不到噼啪作响的声音，但黑夜却已变得若白昼般明亮，科奈莉娅却好像无动于衷，只有捧着花束的手颤抖得格外明显，我牵着她从这座废墟奔走到另一座，一路缄默。也许是这种景象见得太多，她已经麻木，她的脸上此刻毫无波澜，苍白枯槁如同陈列柜中尘封过久的石膏像。孩童的哭声此起彼伏，我们熟稔如老友的建筑连同记忆一起，只剩破碎的砖瓦散落一地。她从一块被熏黑的木板下小心翼翼搜出一本白色封皮的书，扉页上签名的字迹依然清晰，是很长的两个单词，我都不会念。一路无言的她此时却忽然失声痛哭起来。

"会结束的，科奈莉娅，总有一天。"我握着她的双手,做着连我自己都不敢相信的保证,她的面庞因为缺少光的存在而晦暗不清。此刻废墟外夜幕深沉,只有远处仍旧星星点点地闪着火光。

"我希望你可以记住我的名字。"在无眠长夜的最后,她说。"科奈莉娅,波美拉尼亚的科奈莉娅。"我说。"对,一定要记住,不能念错。"这样说着,她终于露出轻微的笑意。

"走啦,回家去拿冰鞋!"她催促着我往前走,这时我才注意到她袖子背面绣着的一行小字,于是同她一起,微微地笑了起来。

"回家啦!"我说。

旅　途

　　阴雨连绵,雨滴在拍打窗棂,令我翻来覆去,进入不了梦乡。我听着窗外声响,杂乱思绪蔓延。我思索着生命的意义,思索着怎样的人生才能算是完整的人生。我突发奇想起身坐到落地窗边,看窗外灯火通明的写字楼,里面仍旧有忙碌的小黑点在移动。外面虽下着滂沱大雨,但路上的行人却也并未较平时有太大差异。写字楼中坐在格子间对着电脑工作的人在为他们的梦想而努力,行人忙碌地朝着目的地出发,仿佛我身边所有的人都在努力奔跑,而此刻的我却选择静静待在原地看着他们。

　　从坚定追随自己的梦想选择这条算得上是崎岖的路,那日心怀勇气踏进公司以来,我仿佛化身成接受指挥并做出行动的棋子,于这商业的棋盘上不断前行，拓展自己的可塑性，以及增加自身的商业价值。日复一日，我每天过着家、公司训练室两点一线的枯燥生活，在训练室里没日没夜地挥洒汗水，只是为了让自己能够在这场"决斗"中存活下来。我也曾试图寻找某个可以喘口气的地方，但当我休息的时候，就会被后面的人无情赶超，我只有不断地向上攀爬，成为别人眼中遥不可及的对象，才可以喘口气，但这真的是我所想实现的梦想吗？

大城市中的生活虽艰难，但每年带着梦想去往大城市打拼的人并不在少数。他们独在异乡无依无靠，没有"家"这个避风港，也没有亲友的鼓励支持，那曾经心心念念的梦想早已转变为在这偌大的城市生存下去。大多数时候，为了得到稍多的薪资以减轻生活的压力，我选择与梦想背道而驰，所以在得知公司会给我们派发工作任务时，我贪婪地希望老师会多给予我些，可在表演舞台的选择上我又总是犹豫不决，既怕错过展示自己的机会，又怕做出错误决定，选择了并不适合自己的舞台，怕因自己的失误浪费了这么多年的努力，怕一失足成千古恨。

思绪转回，我再次抬头看向窗外时，外面的雨已经渐渐变小。我伸手打开窗透气，远处吹来的微风轻轻抚摸我的脸,看着窗外不过转眼便恢复往日热闹的街道,我收听起陪自己度过许多个无眠夜的电台,小声道一句"晚安我的梦想,晚安"。

每天按时亮起的路灯也准点熄灭,楼下行人喧嚣仍在,对面写字楼的灯光渐渐暗下,楼下店面老板嘴角挂着笑在门口招呼着路过的行人,时间总会在不经意间偷偷溜走。

电台在休息时间插播起了广告,是某位所谓"成功人士"的经验之谈,完全不同的想法只让人感觉聒噪。也许是高楼大厦中每天都在喟叹逐梦的累,也许是每天为了塑造乖巧的偶像形象不断去迎合别人,但只有我自己知道,现在这一切的一切不过都只是为了耀眼地站在舞台的中央,接受聚光灯与喜爱我的人们的眼神的洗礼。

在现实的抨击与虚伪的夸赞中,我逐渐迷失自我。我被要求笑露八颗牙,我无数次练习完美的笑容。在种种束缚下,我已然忘记自己该如何微笑,在想笑的时候也会先在脑海里想一想自己是不是可以笑,不断的自我怀疑让我看不清未来。

行至如今,我早已看不到回头路,也无法再回到过去。我曾经做过无数次是遵循安排还是保持自我的选择，现在当这个选择再次出现在我的面前，麻木冰冷、仿佛木偶般不善选择的做法已经改变并且创造出现在的我，那些因后悔而产生的情绪只有在夜里才敢宣泄……

陆地上的生活

您且睁开眼睛瞧瞧吧,诸位,瞧瞧这闪着光芒的太阳,瞧瞧倒映在您瞳孔里的不解,瞧瞧这谁都无法设身处地品尝到的苦痛。那是最幸福的时代,也是最痛苦的时代,那是彷徨与信仰共伫立的时代。那时我们充满希望,那时我们受困于绝望;那时我们一无所有,那时我们什么都有;那时一切才刚刚开始,那时一切已恍然结束。简而言之,那时富足与贫穷同在,卑贱与崇高也同在,希望与绝望交杂在一起。至于谁承担了这一切,那一定是众多的穷苦人。在这儿,警惕过头的神情可以说是人皆有之,无论男女老少。凡能得到钱的事情,人们都会去做。

我走在河畔,风吹向了我视野里的一位年轻的先生……先生?且慢,让我再走近瞧瞧他。一步、两步……目之所见的令我感到不真切。那是个青年，瘦骨嶙峋的，胳膊上的骨头凸得一清二楚。他身穿一件灰白色的粗布衣，上面的多处破损与补丁极为明显。他胸脯与后背快要贴在一块了，从头到脚瘦得宛若枯枝。他棕黄的头发上满是灰尘，沉重的布袋压在他的背上，他艰难地向前迈步。在他抬起头的一瞬间，我看见了他的眼睛，它是水蓝色的，像颗钻石，显得与他黝黑干燥的皮肤格格不入。

之后，我打算回到地下室。路刚走了一半，乌云就开始在头顶聚集，身体的燥热缓解了些许，可心里的愁绪还是密密麻麻的："老百姓为了面包摸爬滚打，对骇人听闻的事情已经毫无作为和反应……这是最令我们感到害怕的。我起初认为一切都可以无休止地争论下去，可是从我心中流出的只有否定，谈不上舍己为人，也谈不上任何力量，有时我心中甚至连否定也流不出来，我只感到浅薄和萎靡不振。"

此刻，豆大的雨点滴下来了，我为了看清前路而挤眉弄眼。我在意识的泥潭里挣扎，迷惘而彷徨……我们的苦难来自人与生活本身，这造成了人与人之间的撕咬，使得一切看起来像是披上了虚无的纱。地下室里的心灵病态又阴暗，来自心底的魔

抛夏

鬼竟使得人在这隐秘中体会到一种乐趣与享受。我打心底再发出这渺小如尘埃的感叹：要像个人一样，走到那生活里去！

人人都说江南好

　　江潭一隅，临岸布衣低首，连绵远山卧江而眠，江南的街道上满是白雾。以往十几年里，我都未曾亲眼见过江南景致，只听人言，春来江水绿如蓝，春田一片农耕不见人，杏花压矮一树枝。顾昀二字早已不是一个名字而已，大梁数年安定，靠的就是一个顾昀。当年他一箭封喉，风吼九霄。顾昀，安定侯，一箭破霄。那一箭，仿若浮云而上，月也震碎。无论满是沙尘的边陲之地，还是富丽堂皇的皇宫，留下一丝一缕属于我的，都不过寄托在他一人身上。何必游荡于天地之间，又何必停驻于方寸之地。那西北啊，想来是大漠孤烟直，彼处一刻的温情是否是沤沫槿艳，我不敢妄下论断。人有悲欢离合，月有阴晴圆缺，也罢，请月寄我思。

　　江南梨花遍地开，碧波映飘絮，风吹向巍峨的青山。我本该远离繁华之地，可怎奈我似竹，节节相思如瀑。从西北到江南，这一程漫长路途中，月明又暗，有情还似无情。我日思夜想，在无数个夜晚难眠。相思苦如药，我只能咽下。没想到，我会在此处遇见顾昀。我捏紧手指，指尖早已生汗。顾昀虽语气严肃，却是带着些许迟疑的，即便口吻似是命令，却还能听出他语中带软。我问他，你怎到江南来了？他虽言抱怨，其语却似明火在我心中烧灼。我自认为心定如磐石，却还是低估了顾昀沉重的分量。他震我心魄，似巍峨高耸的名山，岿然不动地立于不败之地。他轻拍我背，仿佛这一拍要将我魂一同拍了去；他藏于马蹄下的叹息，我仿佛只浅浅一闻便会消失。

　　此时我哑口无言，回首往事，安定侯战功赫赫，却未见他以此为谈资。西北的风沙烟尘多久才会散去？顾昀啊，你何必做那战无不胜、肩扛整个大梁的战神？若我早生几年，是否你就不必深陷刀剑之中，却仍要以身作为国之脊梁？顾昀兴许有震惊，他的黑瞳沉寂又深沉，只露出转瞬而过的惊愕。我清楚，顾昀于我来说，他的每一寸血肉都不知不觉埋藏于我的身体中。顾昀不可在此有闪失，身为安定侯，他以此身躯承担立国大任。我恍然只剩缄默,安定侯多年驰骋疆场,无一败绩,以一副病躯维护国家安定。滚滚长江东逝水,只不过浇一壶他的血入江,那江也会过烫了。

黄乔持剑上前。黄乔的皱脸上有一双黑豆眼,遮去他左半张脸看,像一只踌躇的鼠,有蛰伏又苟且之意,遮去他右半张脸看,像一只吃饱喝足的猫,颓废又慵懒。他突然面露凶煞之色,皱眉凝目,眼含退却之意。只见他握剑之手微颤,口中咬着牙,顿时像一条为抢食上前的狗。此时他以命相搏,却让人觉得好笑:凭他也配动安定侯?一刹那,顾昀剑离鞘,接黄乔剑身。黄乔剑力不弱,在顾昀面前却似春雨打击厚土一般,绵绵软软。黄乔气息略促,拧眉握剑。晚时来风,江南风也撩人。

领教大人武艺。

辑三

历史人文断想

回忆的洋葱

——从《剥洋葱》联想到《暗店街》《1984》

　　回忆并非易事,在某种程度上,"人是天然的忘却生物",不能忘记意味着巨大的苦难。人脑对应激情况的再现具备强有力的保护机制,任何对痛苦阴暗过去的回忆本身就如同一种灵魂的拷问。也因如此,部分德国人倾向于铭记德国历史上灿若星辰的数学家、哲学家,而对刽子手、恶魔的角色视而不见,这不能说不是一种自我保护。无论民族或是个人,都可能做出逃避历史真相的选择。

　　然而,总有清醒的人指出,遗忘过去必将招致苦难。"未来只能通过回忆过去才能变得清晰",德国作家、诺贝尔文学奖得主君特·格拉斯这样写道。他认为,国家和个人都牢牢地联系于回忆,只有看清昨天,明天才会有价值，而今天的历史使命，就是认清这一点。这样一种"昔今未"的关系，在他的笔下被描述为"仪式化的文学记忆"，也因此，他完成了《剥洋葱》一书，敦促一整代即将成功欺骗自己、忘记历史的德国人重新回忆起那段历史。

早在亚里士多德的《论记忆与回忆》中，就有"回忆既不是记忆的恢复，也不是记忆的获得……而是引发一系列刺激并最终引导至需要的对象上来的过程"这样的论述。格拉斯在《剥洋葱》中用洋葱来比喻回忆，以强调其承载信息的柔软潮湿，模糊且易于篡改，而对于更偏向于生理层面的记忆，他则使用了琥珀这个意象，用于表现其坚硬顽固。然而琥珀和洋葱都不能强行剖开，前者寓意记忆有无法分割、无法窥探的属性，而对于后者，"你去切洋葱，它会让你流泪"，"只有去剥皮，洋葱才会吐真言"。回忆的过程糟糕无比，迫于罪恶感和自责，格拉斯的记忆早已面目全非，他在难辨真假的丛林中探险，尝试在纷繁混乱的干扰中叙述那段复杂而充满灰暗回忆的过去，并希望为德国人、德国寻求一条通向光明未来的道路。

在文学中，历史是一个永恒的话题，而回忆为人类探索自身历史充当媒介。如果说格拉斯的回忆是对自己的记忆"剥洋葱"，那么另一位诺贝尔文学奖获得者帕特里克·莫迪亚诺笔下《暗店街》中的彼得罗则是以另外一种形式追溯过去。因为事故失去了几乎全部记忆的彼得罗，只能根据认识自己的人的口述和极少的文字档案记录来拼凑自己的过往。从某种程度上讲，这是另一种形式的"剥洋葱"，"洋葱"的本体由生理层面的记忆变为复杂的由社会载体承载的信息。他们对过去的追溯都源于恐惧：格拉斯恐惧百年之后记忆被人们埋葬；而彼得罗，"遗忘与生俱来的死亡形式"，他单纯地恐惧着这种自我身份丧失式的死亡，而回忆——无论是物理形式的还是生理形式的——最后都有效地消解了这种恐惧。

引人深思的是，两个文本的主人公——格拉斯和彼得罗恰好处于一场战争的对立面（这也是我选择《暗店街》作为对比文本的原因之一）。格拉斯代表迫害者，即便是迫于无奈的施暴者，在他自身的认知中，也是无法脱责的凶手。而彼得罗则代表受害者，他失去记忆的原因正是在逃脱纳粹追捕的途中发生了事故。在两个故事中，二者均希望通过"剥洋葱"的方式追寻过去的自己，前者为了赎罪，为了面对明天，后者则尝试通过回忆组装碎片化的"自己"以重拾自我。

在格拉斯笔下"昔今未"的时间中，今天如同一面镜子，镜面里映衬的是"昔日的自己"与"未来的自己"，回忆——这个"剥洋葱"的过程就是过去与未来的融合，他重新接受被隔离的"自己"，同时也将过去尘封的"知识经验"用于面对未来。无论是格拉斯，还是彼得罗，"剥洋葱"这个过程都是完善自身的重要一步，在这个过程中，他们重新获得了自我身份认同，这份迟来的认同在过去被战争撕得粉碎，只能通过回忆重新建立。

然而仅靠"剥洋葱"并不能完全揭开琥珀中的秘密，记忆的密封结构意味着所有依靠回忆寻求真相的努力都会产生一定程度的偏差，在更极端的情况下，记忆和现实甚至可以截然相反。乔治·奥威尔笔下的《1984》描绘了在极权主义笼罩的世界中，统治者甚至可以借助思想控制、修改人们的记忆。在《1984》中，不仅是记忆，甚至时间和历史也不再有意义，"要把任何日期确定下来，误差不出一两年，在当今的时世里，是永远办不到的"，回忆在那种背景下变成一种奢侈，更不可能像格拉斯这样进行公开的忏悔（这不能不说是当今世界的一种幸运，也正是由于这种幸运，才有格拉斯这样的思想家鼓起勇气为历史负责）。

在《1984》中，人民对过去的回忆由统治者老大哥决定，他肆无忌惮地篡改对过去的记忆，从纸质档案到人们脑海深处的记忆，他几乎掌控了一切。在《1984》所描绘的这种极端情况下，回忆是一种折磨，违背极权对于思想的控制，能得到的仅仅是"充满后悔而无法挽救的模糊感觉"。

受制于"超我"的管辖，成年人记忆活动的变化多数停滞在潜意识层面，但在另一方面，随着自我暗示的积累，人的记忆会随着时间的流逝逐渐变得不可靠。在文学语言中，这也常常表现为"稍纵即逝的'现在—现在—现在'，总是被过去的'现在'笼罩着"。从心理学的角度来说，就是"选存了以往经验记忆，在社会化过程中形成的可被观察的'客我'"常常被"担当观察者的'主我'"说服，进而引起记忆的嬗变。整个"剥洋葱"的过程实际上是记忆再构建的一次尝试，"主我"不断牵拉着担任记录者的"客我"，促使着两者的融合。最终，洋葱瓣被一层一层剥下，历史上的自我在现实中被解构成无意义的"过去"，取而代之的是接受了过去的"我"。

因此我们不妨宣称，回忆即遗忘，因为接受过去就在一定程度上意味着"主我"与"客我"的妥协，这样的妥协消解了过去不确定的部分,放弃了争辩未定的事实。这样的例子在文学作品和现实生活中比比皆是,彼得罗最终完成了自我碎片的拼装,实现了"时间镜面"两侧人与自我的融合;格拉斯在"剥洋葱"的过程中完成了对自己的救赎,将背负的心理包袱卸下,打开并展示给众人。我们也常常在对过去的悔恨中渐渐原谅自己,就像断骨愈合,疼痛才能消散,借助回忆,终有一天我们会放下过去的包袱。

记忆并非有形可触的东西,清理、鉴定完毕之后就可以完整呈现。相反,它更像是气流,聚在一处,便有了形;散在各处,便只是一丝若有若无的气息。散落各处、有待拾掇的材料,经加工、整理成形,才构成一个完整的讲述。剥下一瓣又一瓣记忆的洋葱,最终得到的是小小的、无法再分解的洋葱头,那是否象征着一种慰藉和启发,象征着回忆最终留下的成果——那些我们渴望的理解、宽容和拯救呢?

芥川先生与盂兰盆节

刚有亲人逝去，整个家庭往往格外重视这一年的盂兰盆节，甚至早早就在做筹备。不知道的人会以为家里有老人要庆祝诞辰呢。

今年盂兰盆节，我多在外面驻足了十几分钟，为了多看看五山上的"大文字烧"，结果被蚊虫咬了一腿，又痒又疼。

在盂兰盆节人们看"大文字烧"，就像在中秋节看月亮。

盂兰盆节这几天，火气一直很旺，尤其是入夜后，火也烧得更卖力了。无论是点灯笼、用亚麻茎引路，还是祭祖上香，统统都要用到火烛。

我想，人们在盂兰盆节点火，更多是为了给活人助长气焰，免得被幽魂吸去精气。但如果是去了某座

山,或是某片海上的孤魂野鬼呢？在那种渺无人烟的
地方,反倒是湿气过重,需要火的热气吧,哪怕一年一
次也好。

您去的那些山和海,是什么样的呢？

鬼魂妖怪一类,追究到底,其实都是精气依存之
物。为人类所害怕,却如此依赖人类,就是这种具有
浪漫色彩的东西。

《百鬼夜行》里的那些妖怪,无论大妖,还是小怪,
放眼望去,多多少少都有一张像舔过颜料般鲜活的嘴
唇。百目鬼可以变成无法收服的大魔头,但也必须集
齐人类的一百颗眼珠才行。像大蛇似的妖怪野槌生
长在深山野林里,得吞下好多人才能维持它的生存。
传说中的妖怪追着人不依不饶,让人害怕,就是这么
一种难以捉摸又矛盾的生灵。

说到野槌这种妖怪,《高野圣僧》里也记载了类似
的怪物,但不像大蛇,而像水蛭。

说到这里,几乎也快把我最想说的话给表露出来
了。在您做出选择前,也真真切切地感受到了,对吗？
吸食自己的不是鬼怪,不是水蛭,而是一种艺术。

我知道您绝不是单纯为艺术而死的,也不是要挖
掘出什么动机。只是每位文人都要背负着什么写作,

或多或少、或大或小，只是有人会比其他人先看穿所背负的东西。

于是，您就突然清醒了。本来令人不安的事情，在死亡面前也稀薄起来。

横竖都是一死。那位僧人和您都是这样想着的。于是您才开始坚定起来，找到那个跳板，您要看看用自己的血与泥融化而成的泥淖，究竟是怎样的奇景。

那位僧人最后走出了水蛭林，他看见的是一轮并不皎洁的月亮，正悬在山顶。

我也想知道您去了哪里，到底看见了什么。

漂　泊

　　我像一艘孤零零的小船，在广阔的海面上随风飘荡。

　　我安静地站在一旁，聆听着某首我说不出来的民间歌谣。歌谣的旋律有一搭没一搭地走进我的心中，不知道为什么，那些简单，甚至重复的音符总是能击中我，让我动弹不得。一瞬间，我的思绪回到一切开始之前。曲终人散，空留我一人继续胡思乱想，做着就连自己都知道不可能的梦，但是我从来拒绝不了没有一点苦涩的甜蜜，即使那是假的。

　　我随着歌谣呼吸，一呼一吸间比画出一条美丽的轨迹，它跳跃着把人引进欢快的曲调。紧接着，像是换了一股力量带着我往下走，随后声音变得低沉，像是被困在谷底的鹰扇动着翅膀，试图托起不知怎么受伤的躯体，它盘旋着，盘旋在黑色的阴影之下，盘旋在我的心中。之后是一首柔美悦耳的歌谣，接着一切就消失了。气流从旷野的某个角落呼啸着划过我的耳畔，吹散仅剩的一切。多么悦耳，我回忆着，多么希望这就是歌谣的终结。

　　这些传唱至今的歌谣从历史的长河、时间的缝隙中留下来，从来不是没有道理的。虽然我心里像被猫咪挠过一样又痒又疼，却渴望继续感受那些歌谣。只是可惜，我没有听到全部，多么遗憾啊。我不愿意去想为什么我的生命中总是有那么多让自己感到惋惜的地方，周遭发生的所有悲剧似乎都在提醒我的软弱无力。

　　我知道瓦莱丽不喜欢听我提到"悲伤""脆弱""无力"以及"死亡"。她总是用忧心忡忡的眼神在我说话的时候望着我，然后用坚定但又充满怜悯的语气打断我。我多么想要告诉她这一切只是一个过程，一个漫长并且痛苦的过程。我多么想要告诉她，死亡只是一个阶段，不过来得比孩子们的成年更猛烈、更难以预料一些罢了。但是看着她的眼睛时，我却发现自己什么都说不出来了，或许我曾经试过——不管怎么样，反正没有成功就对了。她实在是太像她的父亲了，我必须再次承认这一点——他们同样固执、难以理解。

所以当他们面对我时，我都选择了离开。我选择过我的生活。

每当想到这里，我就再也没有理由继续想下去了。我收起那些几分钟前任由其飞出去的思绪，再次从那个叫作"幻象"的海底浮了上来。

很久没有见过像这样晴朗的万里无云的天空了，我抬起头时，突然发现了少有的比海洋还要宁静的天空。

我记得暴风雨前的海面也像这样，我的思绪再次顺着回忆飘向远方。

茶与大西洋的海风

    巨石耸立在海边,海水汹涌澎湃地拍打巨石,白沫浮在海面上,一波未平一波又起,白沫始终不曾散去。海风掠过我,我站在海岸高处双手紧攥围栏撑住自己,随后取下墨镜眯眼看向汹涌的海,思绪随之从黑暗苍凉的海底漂浮而上,漂向了远方。

    我望着远来至此的船,海风勾芡了茶的清香,但这味道令我的胃里翻江倒海。船靠了岸,我却昏倒了。我感到我沉入了海底,张开嘴吐出气泡,却感受不到海水灌入的胀痛。我在海底,踏着珊瑚礁,与海鱼游泳。我环抱住海豚,它带我去更深的、更黑的、更神秘的地方。在漆黑的海沟里,奇形怪状的鱼发着光将我簇拥。我见到了海底火山,可我并不会因为巨大的压力而死亡。绚丽多彩的鱼将我围住,我在它们脸

抛
夏

上轻吻，表达我对它们的感谢。我骑上了剑鱼，穿梭在沙丁鱼群里感受激情，快速分泌的腺上激素使我头晕目眩，脑海里奔涌而出的回忆，冲击着我的大脑。

等我苏醒，远去的帆船只剩下帆的影。我注意到了我脚边打翻的酒瓶以及在地面上流动的酒，我又开了一瓶酒，冲着海风致敬，敬梦境。我饮下辛辣畅快的酒，酒从嘴角流下，染湿了我的衣领。我向天空呐喊，回音荡漾在天空。

医学闪耀的瞬间

——野口英世

夏季的东京说不上炎热，因为在海洋水汽的显著影响下，拥有梅雨季的日本降水更加频繁。阴云笼罩在繁华城市的上空，不知何时散去。闷湿的空气让人不禁想轻咳几下。

"你去把这排试管清洗一下。"

"好的！"

我拿过那些比我位高一等的前辈们放在实验台旁边的试管，放到清洗池里用试管刷挨个清洗。啧，我手里剩的钱连想去吉原放松一下也去不了……上一次跟血胁守之助借钱还是前几天。

自从来到了北里研究所，我就感受到了这里的位次尊卑。众人中似乎仅有我是平民出身，这令我莫名感到更大的不甘。而与我一同被北里所长录用的秦佐八郎，他现在已经受到所长的认可，可以用小鼠做实验了呢。

我左手捏着试管，用力敲了敲试管。试管发出独有的音色，似乎是在为前几天显微镜的那件事中我受的委屈而愤愤不平。

忍耐。

是啊，这种情况下除了忍耐，并付出加倍的努力，又能做什么呢？

"你只要不断努力，要不了五年时间，你也可以出国深造的。"

"英世，好好努力吧！"

这是北里老师初次接待我时对我说的话……可如今我对这"不着边的工作"的热情似乎和今天的阳光一样消散了呢。

平民见习助手，只能在那些士族出身的大人物旁边打杂吗？谁甘愿一辈子做这种事？作为一名医生，一名细菌学者，作为我——野口英世，也只有不断前进，才能打破出身阶层的限制吧。

收起杂乱的思绪，我将试管整理好，放回试管架上，放回那位先生身旁备用。我抬头看了一眼时钟，呃,又要给实验动物们喂食了。

"我先去给动物喂食。"

没有娱乐的地方去,又不知道能玩些什么……啧。

我来到饲养室,拿食物给笼子里的兔啊,鼠啊……唔……泥土的芳香,混杂着动物粪便的味道。

"可恶啊,这鬼天气让这里的味道变得甚至更糟糕了!"我带有会津口音的抱怨引得门外看热闹的人一阵低笑。

我把小兔子小心地抱到自己怀里喂菜叶子。

窗子对面的是北里老师看重的那个人吗?我记得是叫志贺洁吧。志贺洁那间实验室正对着这边的饲养室,因此透过窗子能看到他。稳健笃学、沉默寡言、脚踏实地,都是研究所里的人对他的评价。

"我什么时候能像他一样呢……"

志贺洁正对着我这边微微弯腰低着头,调试着显微镜。

"啧,真气不过这群士族出身的……看我的!"

我双手举起小兔子,对着志贺洁的头比画着,把两只兔耳叠在了志贺洁的头上。

"哼哼,戴着兔耳发卡的志贺洁——"

几乎就在放下小兔子的同时,志贺洁看向我。我

抛
夏

又装作举着兔子看来看去的样子,好像在对它做检查。不知道志贺洁是看着这边在发愣,还是在想什么。随即他便走了,还是向饲养室这边走来。

"我的天哪!北里老师,您千万要饶了小生!"

我慌忙把小兔子连同菜叶塞进它原本的笼子里。

"呃,野口英世,你在里面吗?"

是非常温柔的一种男声,和北里先生响亮浑厚的声音相比,简直天差地别。

"志贺君,稍等!……小生在的!"我慌慌张张给他开了门。志贺洁的身材,要比我高大很多,更有一副成熟的学长该有的稳重感。

"志贺君!您可千万不要告诉雷神先生①!小生,小生不想被先生骂!啊……"

我一副可怜兮兮的样子,说出声调起伏并夹杂会津口音的求饶。

我低着身子请求志贺洁,搞得对方都不知所措了。

"什么?"显然志贺洁不清楚我做了什么,毕竟隔

---

① "雷神先生"是北里研究所学生对所长——北里柴三郎的敬称,北里因为批评学生的声音如雷而得此称呼,也因传说中雷神有消除瘟疫的能力。

着窗子和空地，他以为我是在检查实验动物的健康状况呢。

"唔，刚才难道不是在检查动物的健康状况吗？我只是突然想到一件事要来告诉你，野口君。"

志贺洁弯下身扶我起来，而我跟他形成一种反差，我只能仰视他。

"唉？这样啊……这里空气不洁净，我们出去说吧！"他的心情和语气瞬间转变了。

"嗯。"志贺君笑着和我一起往外边走。

屋外滴滴答答，尽是雨滴在水中绽开的声音。

"野口君的语言天赋这么好，有没有想过，这种打杂的工作真是太浪费你的才能了？"

"我想过……但似乎这几年都是这样，在研究所里我能做的事真的很少。"

不是怒火，而是内心的不甘与高傲正躁动着，我感觉得到。

"不如我去向雷神先生提议，让你做一位图书管理员，你还可以借此利用图书学习。"

"啊，对哦！"我茅塞顿开，眼前这个人让我看到了希望的光亮，我那只难看不堪的手因激动而握着他的手，完全忘记了尊卑贵贱之分。

"你的手怎么……"贺洁眉头微皱,不知这位士族出身的学者是厌恶还是怜悯,旁边就是泥坑,我甚至想迈脚到那儿去。

"真是抱歉! 是小生失礼了……唉?"

我刚要抽回手赔礼道歉,却被他用另一只手盖住了手背。

"好好努力吧,野口君,等明天北里老师来,我会提议的。 我相信你能有一番作为,好好给他们看看吧!"

明明是激励的话,却也如此温柔,就像水中涟漪,或者是,海的律动。

"嗯! 但什么时候您……"

"是野口君半夜趴在桌子上说梦话时我听到的。"

"糟糕……小生怎么会……"我害怕地捂住嘴。

"放心! 研究所晚上只有我们两个人啦,最近赤痢菌的研究实验时间很紧,我就在研究所睡下了。 现在我只是趁老师不在,出来透透气……至于告密之事,我才懒得做,哈哈……"他舒了舒筋骨,看来他做研究真的很累。

"说起来我想去德国深造呢,志贺君想好未来要做什么了吗?"

"我……我也不太清楚呢，先跟着北里老师的引导走吧。其次就是我想真正做些什么，以医者的名义。"

以医者的名义。

刹那间，阳光从乌云的空隙中照进来，挂在植物上的雨水，顿时变成晶莹的宝石。东京的雨，来得快，走得也快。

"有彩虹！"眼尖的我先惊喜地叫了一声，随即脚底打了个滑。

"原来志贺君也在迷茫啊，不过您都这么相信小生……我也相信您的！将今天这份彩虹当作好运的标志，志贺君一定能找到属于自己的方向！"

"哈哈！真是和孩子一样啊……不过还是感谢你！"

志贺洁拍着我的肩膀。他是个出身士族的人，却一点也不嫌弃我，他和别人一点儿都不一样。这大概是我在研究所初次沐浴在这样的暖阳下吧。

英世，嗯，英世，要以医者、学者的名义，成为世界中非同凡响的英才，英明于世。

医学闪耀的瞬间

——伊本·西那

　　我曾是个骄傲的年轻人,认为医学并不是什么复杂的学科。在十多岁的时候,我就因精湛的医术声名远播。我博览医学著作,还治愈了让全国名医束手无策的萨曼国王的重病。人们称我为"医学神童",我的门庭每天都挤满了从各地前来问诊的病人,众多医学研究者也纷纷慕名而至,向我请教或与我辩论。

　　我之所以从小钻研医学,是因为我对万物都充满巨大的好奇,这好奇使我来者不拒地钻研一切我所能接触到的知识。我研究天文与潮汐,计算日月星辰的周期,这让我联想到人体中那些有迹可循的周期和规律;我研究土壤和矿物,分析各种单质和化合物的元素,这让我注意到不同物质对人身体健康的影响;我研究物理与数学,尝试精准量化各种药剂的配比;我研究音乐和格律,它们也能在治疗疾病时起到不可思议的作用。

是的,我所有看似不相关的研究,却又处处都在相互印证,我认为这便能证明宇宙中各样事物的关联性。想想看——世间一切就像一首优美的长诗,字字珠玑,行文精妙,相隔的段落看似毫不相干,但字里行间的隐笔却又处处暗示着关联:天空、大地、物质、生命,它们环环相扣,交相辉映,最终编织出完整的和谐宇宙。

多么崇高,多么美妙,我来到世上的目的就是揭开这最高的奥秘。至于医学——论深奥,它不如形而上学;论广博,也不及自然科学。它只是一门研究人类身体状态的学科,是宇宙万物这庞大体系中的一个分支而已。

但我还是打算为这分支写一部著作。我设想它要囊括从古至今积累下的所有医学成果,它要记录从南到北一切地区的病症和药方,它要像《辞海》一样浩瀚,像几何学一样精确,它将成为这个分支最重要的里程碑。

我曾设想自己会在一个和平安宁的国度,在世界

抛
夏

最繁荣的学术中心,在包罗万象的图书馆与设备齐全的实验室之中,在优秀的同事与助手的协助下,从从容容地撰写这部著作。

但命运却把我推向了另一种可能性,一个对学者而言最为残酷的境地。

那时候,战争毫无征兆地降临,我的祖国顷刻间四分五裂,我平静的故乡沦为入侵者的巢穴,实验室的门窗挡不住刀光剑影,我被永无止境的战乱裹挟着仓皇逃亡,在频繁更替的政权间辗转流浪,我曾梦想过的一切都不复存在了。图书馆呢?被战火烧成焦土!学院呢?因国家衰微而凋敝成废墟!荟萃一堂的同事呢?在乱世中四散天涯,生死未卜!

君王们垂涎我的名望和学识,竞相争抢我,像群狼争抢一只羔羊。我并不想卷入那些复杂的政治旋涡,不想做掌权者的战利品或阶下囚,但我身不由己。我为此深深地感到绝望,人生短短数十载,我本该隔绝一切干扰,分秒必争地埋头于学问,才可能在短暂人生中完成对至高真理的探索,但如今,这一切再也不可能了。

我也曾投在某位强大的君主的门下,作为他的国师和御医,以求暂时的自保。白天,我在他的座前侍奉；夜晚，我近乎不眠不休地著书、实验。我不允许自己休息，我没有时间！夜深人静时，我对着满天繁星，面朝麦加默默祈祷：让我能长久地享有这样的安宁吧！拂晓时，我走过平静的城池，望着渐明的天际轻声祈愿：让这片土地避开一切的兵戈征伐吧！

然而，长久的和平只是奢望，我投靠的政权很快就被新崛起的势力踏平。国都陷落之时，我听闻那残暴的征服者悬赏通缉我，要我做他最耀眼的战利品。

我能怎样呢？逃吧！丢下一切，孑然一身地逃亡吧！写到一半的著作，进行到半途的实验，珍藏的书籍和标本，只能统统抛下。兵荒马乱中，我混在难民的队伍里跌跌撞撞地奔逃着，穿过飞沙走石的旷野，渡过波涛汹涌的海洋。途中不断有难民因饥饿或力竭倒下，奄奄一息，他们的同伴就抱着他们枯瘦的身躯，发出嘶哑的哭喊。

我尝试救治这些可怜的人，可我现在什么也没有，没有药，没有器械，我该怎么做？我急切地环顾四周，就地取材，用草木制成药剂，用双手代替器械，用盐和硫黄消毒，用自然界中现成的物质来治疗……我记得药物的配方，记得病症的表现，原来我并不需要一间图书馆，原来知识早已深深印刻在我的记忆中。

抛
夏

在疲于奔命的过程中,我常逃到许多遥远的、从未涉足的地区,在那里,我阴错阳差地接触到许多以前闻所未闻的病例。原来少年时的我那样无知,像只井底之蛙,待在一隅的故纸堆中,就以为自己了解了整个世界。

当简陋的条件使我无法使用常规的治疗手段时,我便逼着自己创造新的疗法。为此,我不惜在自己的身上做实验,或解剖那些死在战乱中人的尸体,我想我并没有亵渎他们,我是在挽救下一个濒死之人。

一旦我稍得喘息间隙,便抓住机会整合这些新的病例和疗法,没有纸笔,我就在脑中起稿,然后把所有内容记在脑海里。但突发的战事却一次次打断我的思绪,险境使我担惊受怕,以至于无法集中注意力,我的学术生涯被一场又一场逃亡搞得支离破碎。没有稳定的环境,甚至连完整的思考时间都被剥夺,在此种境况下我该如何研究,如何记忆?我痛苦至极,实在不明白为何命运要如此摆布我,既给我才华和志向,却又把我推进这时代洪流……不,我能做到的,我一定能做到!我从来便是天才,我拥有非凡的专注力,拥有克服困难的智慧!

我开始训练自己在被割裂得七零八落的碎片时

间中思考。在颠沛流离中,在东躲西藏时,我的大脑仍见缝插针地运转着。思路被打断,没关系,我总可以接上;记忆被扰乱,没关系,我能更快地记住它们。

为了更好地记忆,我将病例分门别类,每一类都是一组系统,划分的依据不是具体部位,而是人体的功能组。除此以外,从治疗方法的角度,还有内科和外科之分:内科是通过内服药物来调节人体的平衡,外科则是通过外部的手术对人体进行干预。

我又将诊断方法进行同样的分类:对于整体的诊断,我利用脉象、血液和排泄物进行分析;对于局部的诊断,我则通过有针对性的叩诊、按诊、听诊,以及局部位置对疼痛等的反应来判断。这些理论皆建立在严格的逻辑推理之上,这样哪怕我的记忆有缺漏,我也能重新通过思辨推导将其复述出来。

谁能想到这一切创举最初只是为了在艰难的条件下保存我的研究成果呢?

动荡的时局也给了我和平时期不曾有过的机会,我在逃亡途中接触到大量的病患和伤患,搜集或研发出不计其数的新疗法。实践积累,分析总结,那本在我脑中起稿的书越写越厚:第一卷是医学总论,第二卷详细记录这些年我所研究的各种药物,第三卷分部位论述病理和症候,第四卷……远远没完,随着我的积累越发丰富,不断有新的理论在我脑中成型。我时常想,究竟什么时候才能获得安稳的生活,才能有机会把它们写出来呢?

然而,比憧憬中的安定先一步降临的,是新的灾难。那灾难是因战乱而起的瘟疫。堆积的尸体、恶劣的卫生环境、流离失所的难民……这些都会促使瘟疫爆发。我推测瘟疫是由人眼看不见的病原体导致的,它可能藏匿在空气中,也可能渗透进土壤和水域,还可能附在老鼠、跳蚤、蚊子的身上……我以此设计出一套以隔离病患、清洁水源、灭杀鼠虫来进行防疫的举措,但在混乱的时局下,这些举措难以实施。

可我还是留在了那座瘟疫蔓延的城市中。每天都有新的病患被抬到我的面前,他们的惨状是很难形容的。我全神贯注地救治每一个患者,贫穷的、富有的、为奴的、当权的……被抬到我面前时,他们全部一样,被病魔一视同仁地摧残着。我靠近他们身边,用冰块和酒精给他们降温,用草药熬出的汁清洗他们身上的脓包,用燃烧的硫黄给他们所住的病房消毒。

我什么时候会被感染?忙碌的间隙,我偶尔会默然自问。传染源就围绕在我的四周,我深知其中的危险,但我无法走开。繁忙的工作使我越来越疲惫,我知道劳累的身体更容易被疾病乘虚而入,但我不能停下。

也许我会死在这里。我曾立志钻研的那些终极的知识、宇宙万物的规律,一切都将离我远去,我再也没有机会钻研它们。我甚至没有机会写下脑中那部伟大的医学典籍,那部倾注我毕生心血的《医典》,它将会随着我的死亡,和我的意识一起彻底烟消云散。

这该是怎样遗憾、残缺的一生啊。

但我的双手仍然未从病患身边移开,我凝视着他们痛苦苍白的脸庞,默默思忖着医学真正的意义。在冥冥之中的天平上,宇宙的终极真理和一个人的生命,不该分出轻重。多年苦难生活的磨砺让我对同样陷入痛苦的人们心生怜悯,不知从何时起,我已不再是那个万般事物皆不放眼里、一心只想摘取最明亮星辰的孩子,这一刻,我的眼中只有我的病人,他们的苦痛牵动着我的全部心神。我放下了自己的科研,倾尽全力与瘟疫搏斗;我放下曾经的高傲,匍匐在那些掌权者面前,恳求他们维持必要的秩序以确保我的医疗条件;至于我自己的性命和安危,那并不掌握在我的手中,我不再执着于我这一生想要完成的事。长夜漫漫,我依然跪向麦加祈祷,但这一次我的祷词是:"请让我治好他们每一个人。"

这场可怕的瘟疫在我们的努力下渐渐得到控制,传播途径被切断,患者们慢慢痊愈,我看着他们一个个回到了各自的生活里,无论贫穷,还是富有;无论为奴,还是当权……他们劫后余生的笑容别无二致。我对着这样的景象,头一次感到生命的充实。

在后来的岁月里,我又数次颠沛流离,数次陷入危难,数次经历战争和瘟疫。我在一切的苦难中以我的知识和努力拯救过许许多多的人。我的著作还能完成吗?当我提起笔来撰写它时,我察觉到这支笔下凝聚的力量——那是因四处流亡而接触到各样病症和在经年累月的战乱中救治患者而积累的丰厚经验。我想,倘若我这一生都像少年时那样在宁静的书斋中度过,那么这一切我都不会拥有。

在这一切中,我所得到的最好的东西,是人活着的意义和医学的真谛。人活着不是为了宇宙终极真理,而是为了每一个个体,每一个活在这世界上、应当拥有享受生命权利的人,这才是医学真正的目的。我自小被称为"医学神童",但却用了大半生才明白医学的真谛。

"我真的能完成它吗?"浩渺的星空下,我喃喃复述着这个问题。

但我的心中,已经有了答案。

黑海之畔

我时常在夜里被蚊虫吵醒。

那微弱、刺耳、细如游丝的振翅声,在湿热的夏夜中逡巡浮动。蚊虫发出像瘟疫病患那样痛苦虚弱的叫声,用无休无止的聒噪与叮咬将我的脑袋赶进被窝更热的空气里。烦躁的我怒火中烧,爬起来用力抠挖红肿的皮肤,直到鲜红的血珠从粗细不一的抓痕中冒出来。无论我怎么挠,那些密密麻麻的被叮咬的包依旧发麻发痒,安眠被搅醒的郁结让我的心扑通扑通跳,可我望着已经掉进床单,被我翻来覆去碾成碎片的蚊子尸体,根本睡不着。

根本不可能有人能睡得着。

我揉掉眼里的重影,想熬过这嘈杂的长夜。湿热的房间里,煤油灯上还在跳动着轻快的火,我感觉很烦，又感觉口渴，我甚至感觉到冷，那该死的蚊虫带来了这场大规模疟疾，也把病毒带进了我的身体中吗？我的视野东晃西晃地昏暗下去，我的脚好像离地面越来越高。像是有人用钢钉凿开我的颅骨，浇下沸腾的铁水；我又像是被丢进冰面迸裂的冻湖，寒冷彻骨的水流缠绕着我，将我扔进海沟中摔成碎片。我好像爬下了床，我好像摔到了脑袋，渗出的汗水在地板上汇聚成水流，我好像闻到了窗外土腥味中的玉兰香。

明月淹没在灰黑色的云层里，几缕若隐若现的光照着我。我摸索着柴棚上杂乱的青藤打着摆子迷茫挪移。索契的深林中多的是喜欢缠脚踝、爬腿面的虫蚁，我挂着满身漆黑的不速之客在高枝矮丛中跟跄穿行。我走了不知多少路，黑海的风从四面八方涌进我的感官，我仿佛踩踏着沼泽中腐烂的水浮莲，循着香气走进更远更喧闹的长街。关节的酸痛感再度在骨骼间炸开，我咬着牙试图忽略，撑墙继续赶路。无目的行动、识别障碍、谵妄、抽搐、心悸，我咬着嘴唇回忆着疟疾病人的体征，上下牙克制不住地猛烈打战。

卧床休息只能让人变成一种在茅草上缩成一团瑟瑟发抖的生物，撑到第二天病情再度发作。我没有茅草可以躺，也没有账还得起，我只能发热，直到抽搐停止。如果犯病时乱跑被困在山上，那就更加孤立无援，要是遇不到好心的过路人施以援手，过不了一会儿，身上就会爬满蚊虫蛇鼠，成为山下小路某个拐弯处蜷曲着的干瘪尸体。那我现在该怎么办？我感觉自己马上要昏过去了，只能尽可能将身体瑟缩在斗篷下弯曲着，眯着眼和一旁断枝枯叶里趴伏的受惊麻鸦对视，然后一起发出悲鸣，最后在尖锐的耳鸣声中晕厥，栽倒进枯叶里。

索契河携带着大量的雨水，推着岸边的木船在它那浪花翻滚的潮汐里动摇。一阵玉兰香再度进入我的肺腑间，我睁眼看不清那是女孩的发还是黑色的头纱，只能安静注视着她忧愁的柳眉，听她倾吐她的事。她年迈的、温柔的母亲，因肆虐的疟疾发了四天高烧，随后痛苦离世。家族中活着的人都来吊唁，邻里也都习以为常地紧闭门扉回避。她的姐妹们哭泣着，在母亲的脚趾上涂上胭脂，并在她干枯毛糙的发缝里抹上了一道道酥油。岸上的葬礼像是尾声，老者平静地向自己的老伴做最后的告别，然后将焦黑的遗体从寒酸的柴堆上取下，未燃尽的木柴与檀香屑被随手扔进海里。

"你们这是在干什么？作孽啊，居然往母亲的眼睛里……"

　　"母亲当然是指大地，"女孩解释道，"以后人家还会把这件事怪到人的身上，要是母亲日后眼睛疼，村里人就会说，大概是因为她的那些没礼貌的家人们曾经往黑海里扔垃圾。"

　　在这百花飘香的夜里，蚊虫带来的病痛折磨令人难以入眠，我与大地母亲怀着各自的苦痛与愁怨，谁也没有先合眼。

我在酷烈的夏日里想些什么

　　一到 4 月,瓦拉纳西的气温便能骤升至近四十摄氏度,天气温和的时日如同洒红节人们抛出去的红色粉末般转瞬即逝,随即整个印度就都要被苏利耶①发了怒一般散发出的光和热笼罩,连蛇都要钻到孔雀的羽翼之下,只为躲避毒辣的阳光照射。

　　虽说这么多年,身为一方神灵的我早就习惯了夏季的酷烈,可感官之敏感,令我每每到了时节就要对这连吹来的风都是股热浪的天气投降,老老实实去跟人类一样使些避暑的手段,好消磨过这难熬的夏日。

　　不过至今,我避暑的办法也还是旧有的那些。风扇又或者是空调这样的现代科技产品虽便利,但这电

----

　　①　古代印度神话中的太阳神。

用起来的代价太大，还常有断掉的风险。这么比较，还不如沿用梯井呢，不过，比起人类，我有些不那么常规的手段。

白到刺目的冰雪消融后汩汩流淌，汇聚成河，奔涌到赫尔德瓦尔那里时仍残余着几分寒意。赫尔德瓦尔的温度便也因此比我低不少。如蛇纠缠住猎物，我展开身体贴住赫尔德瓦尔，又或者干脆窝在他怀里，他总是那样寡言，时刻践行沉默即梵的道理。

其实我若再往北，比如说到乌塔卡西或西姆拉，便能抵达山区了。西姆拉仍存有过去那些畏惧炎热的娇贵英国人开辟出来的避暑山庄，如今因为保护得当，成了该地夏季度假的招牌。只是我既不愿到乌塔卡西那里去，也不乐意住到西姆拉那里去。

于是，我便懒洋洋地抱住赫尔德瓦尔寻清凉了。

我使唤着赫尔德瓦尔，叫他去取井里冰镇过的杧果和制作好的冰激凌。他不生恼，因为他也抗拒不了杧果的甘甜和冰激凌的冰爽，这么说来颇有些可爱。

多亏了前人在各地开辟果园，种植水果，到了今天才能有这么多的杧果品种供人挑选。但你要是问起任何一个喜爱杧果的印度人哪种杧果最好吃，他们都会异口同声地告诉你，是孟买的阿方索杧果。我曾拿这调侃过孟买:"想来能种出阿方索杧果这样的杧果之王,你已饱尝过牛奶和蜜糖,被它们浸透了。不然怎么说得通,你那一套又一套的甜言蜜语呀?"

靠着赫尔德瓦尔那份特殊的清净挨过白昼,盼来了夜间,我积蓄了一天的活力终于得以释放。晚祷的钟声传来,月亮才迟缓地攀升至天空。赫尔德瓦尔说,当我对着夜空勾起手来时,好像是我的逗弄让月亮羞得朝着更高处升起。我趴在他肩上放声笑起来,笑他也会拿我寻开心。

叫人羡慕的是恒河在赫尔德瓦尔一段的水,是那样清澈且冰凉。送走了千恩万谢的送水工人后,我在赫尔德瓦尔的家里美美洗漱一番,在镜前化好妆,换上轻薄的丝衣,再佩戴上华美的珠宝。再三打量过后,我便登上露台,歪在榻上啜饮起蜜酒,用洒有檀香水的扇子扇去暑气。若是来了兴致,我就推着赫尔德瓦尔去弹琴,我好在乐声里起舞。至于第二日清洁露台上我留下的一串串红色脚印时,赫尔德瓦尔那束手无策而头疼的样子,实在是给我增添了更多的乐趣。

我跟着赫尔德瓦尔蹭吃蹭喝,他从不说什么,只是有次他问我:"你说你从来不做多余的事。瓦拉纳西也有梯井吧,你不就地避暑,而是一路奔波而来,不是更辛苦?"我说:"不一样,心情上不一样。要按你这么说,新德里的梯井更出名些,我该去新德里才是。"然后他就不再问下去了。还能是什么缘由吸引我来此呢? 还不是赫尔德瓦尔有着不同于瓦拉纳西的清净,在各种意义上。